RECUEIL

DE

RÈGLES D'ORTHOGRAPHE.

RECUEIL

DE

RÈGLES D'ORTHOGRAPHE

DE PRINCIPES ET D'USAGE

PROPRES A APLANIR

LES PRINCIPALES DIFFICULTÉS

QUE PRÉSENTENT

LES EXPRESSIONS ET LES MOTS LES PLUS USITÉS

DE LA LANGUE FRANÇAISE

PAR

BÉNARD,

Adjudant sous-officier au Régiment de Gendarmerie de la Garde impériale,
Adjoint à l'officier Directeur des Écoles.

—

PRIX : 1 FR. 25 CENT.

PARIS

LIBRAIRIE CLASSIQUE DE Mme Ve MAIRE-NYON,

13, QUAI CONTI.

—

1860
1859

BIBLIOTHÈQUE IMPÉRIALE — IMP^{re}

Chaque exemplaire devra être revêtu de la signature de l'auteur et de celle de l'éditeur.

L'ouvrage sera adressé FRANCO à toute personne qui enverra, *par lettre affranchie*, le prix indiqué d'autre part, en un mandat sur la poste ou en timbres-poste.

S'adresser à l'auteur, caserne du Louvre, à Paris, ou à l'éditeur.

Paris. — Imprimé par E. Thunot et Cᵉ, rue Racine, 26.

PRÉFACE.

—

Ce recueil renferme, sur un plan tout à fait neuf, et à la portée de toutes les intelligences, les règles d'orthographe nécessaires pour écrire correctement les expressions et les mots les plus usités de notre langue. C'est le résumé des leçons que nous avons données, depuis 1850, dans les écoles de la Gendarmerie d'élite, puis du régiment de Gendarmerie de la Garde impériale.

Frappé, d'une part, des nombreuses difficultés qui arrêtaient nos élèves dans les dictées les plus simples, de l'autre, du peu de ressources qu'ils trouvaient dans leurs grammaires pour se tirer d'embarras, nous nous sommes appliqué à rédiger des règles que nous avons modifiées jusqu'à ce qu'elles aient été trouvées claires par tous.

Depuis longtemps nos élèves nous sollicitaient de livrer notre manuscrit à l'impression, mais nous n'avons voulu céder à leurs désirs qu'après avoir profité des lumières que suggère toujours la pratique pour l'amélioration d'un livre élémentaire.

Par son origine, celui-ci se recommande, non-seulement aux élèves des écoles régimentaires et aux militaires de la Gendarmerie, mais encore aux élèves des écoles primaires, et surtout aux personnes dont l'instruction première a été négligée, et qui désirent voir disparaître promptement ces fautes nombreuses qui dévoilent le peu d'instruction qu'elles ont reçu, nuisent à leur avancement, ou leur font refuser les emplois qu'elles sollicitent.

L'ouvrage est divisé en deux parties :

La première donne, sur chaque espèce de mots, les notions indispensables pour l'intelligence des règles de la deuxième partie.

Celle-ci résout, en *quarante* leçons graduées (1), les principales difficultés de l'orthographe de principes et d'usage.

Si quelquefois nous nous sommes répété, c'est parce que nous en avons reconnu l'utilité.

Si nous avons omis certaines règles générales ou particulières, données et vantées par d'autres, c'est parce que nous les avons reconnues inutiles ou impraticables.

Enfin, nous nous sommes abstenu de donner aucune règle savante, basée sur l'étymologie, qui suppose la connaissance du grec et du latin; et nous nous sommes interdit toute appréciation personnelle, nous bornant à constater l'orthographe adoptée par l'Académie et nos bons auteurs.

---

(1) Voir la table : elle fera connaître la marche que nous avons suivie.

TABLE DES MATIÈRES.

PREMIÈRE PARTIE.

—

NOTIONS SOMMAIRES SUR LES DIX ESPÈCES DE MOTS

DE LA LANGUE FRANÇAISE (1).

Il y a dans la langue française *dix espèces* différentes de mots.

I. — LES NOMS ou SUBSTANTIFS.

Les *noms* ou *substantifs* sont les mots qui servent à nommer les personnes et les choses.

Ainsi,

Napoléon, *Eugénie*, *empereur*, *impératrice*, qui désignent des personnes, et
Fusil, *baïonnette*, *laurier*, *drapeau*, *étendard*, qui désignent des choses, sont des *noms* ou *substantifs*.

Les *noms* sont *propres* ou *communs*.

Les *noms propres* sont ceux qui désignent spécialement et uniquement tel ou tel individu, personne ou chose.

Ainsi,

Napoléon, *Pierre*, *Paris*, la *Seine*, l'*Italie*, sont des *noms propres*.

---

(1) On ne perdra pas de vue que ce n'est pas une grammaire que nous avons faite, mais bien un *Recueil de règles d'orthographe*; c'est pourquoi nous avons dû nous abstenir de tout détail qui n'aurait pas pour but d'apprendre à écrire correctement les mots, et seulement les mots les plus usités. (Relisez notre préface.)

Les *noms communs* sont ceux qui conviennent à toutes les personnes et à toutes les choses semblables.

Ainsi,

Empereur, impératrice, drapeau, épée, sont des *noms communs*.

Les *noms* sont *masculins* ou *féminins*.

Les *noms masculins* sont ceux qui sont précédés (ou qu'on peut faire précéder) des mots *le* ou *un*.

Ainsi,

Le PAYS, *l'*EMPEREUR (*un* EMPEREUR), sont des *noms masculins*.

Les *noms féminins* sont ceux qui sont précédés (ou qu'on peut faire précéder) des mots *la* ou *une*.

Ainsi,

La PATRIE, *l'*IMPÉRATRICE (*une* IMPÉRATRICE), sont des *noms féminins*.

Les noms sont du *singulier* ou du *pluriel*.

Les noms du *singulier* sont ceux qui ne désignent qu'une seule personne ou une seule chose.

Ainsi,

Le SOLDAT, *un* PISTOLET, *une* CARABINE, sont des noms du *singulier*.

Les noms du *pluriel* sont ceux qui désignent plusieurs personnes ou plusieurs choses.

Ainsi,

Les SOLDATS, *des* PISTOLETS, *des* CARABINES, sont des noms du *pluriel*.

II. — LES ARTICLES.

Les *articles* sont les petits mots
Le, la, les (1),
Du, des, au, aux,
qui *précèdent les noms*, et qui servent surtout à indiquer qu'ils sont du *singulier* ou du *pluriel*.

III. — LES ADJECTIFS.

Les *adjectifs* sont les mots que l'on joint aux noms pour indiquer *comment* sont, ou *quelles* sont les personnes et les choses dont on parle.

Les *adjectifs* qui indiquent *comment* sont les personnes et les choses, sont des *adjectifs qualificatifs*.

Exemples :

Homme INTRÉPIDE, *femme* HÉROÏQUE,
Cheval GRIS, *jument* GRISE.

Les *adjectifs* qui indiquent *quelles* sont les personnes et les choses dont on parle, sont des *adjectifs déterminatifs*.
Il y en a de quatre sortes.

1° ADJECTIFS POSSESSIFS.

Mon, ton, son, } *notre, votre, leur.*
Ma, ta, sa.
Mes, tes, ses   *nos, vos, leurs.*

2° ADJECTIFS DÉMONSTRATIFS.

Ce, cet, cette, ces.

---

(1) Ces mots ne sont pas toujours *articles. Un mot peut être de plusieurs espèces,* selon le sens qu'il présente et selon la fonction qu'il remplit. — Pour déterminer *la partie du discours* à laquelle appartient un mot, il faut bien comprendre *les définitions des dix espèces de mots.*

3° ADJECTIFS NUMÉRAUX.

(Cardinaux.) (1)

UN, *une, deux, trois, quatre, cinq, six, sept, huit, neuf.*
DIX, *onze, douze, treize, quatorze, quinze, seize, dix-sept,*
    dix-huit, dix-neuf.
VINGT, *vingt et un, vingt-deux.* . . . .
TRENTE, *trente et un, trente-deux.* . . . .
QUARANTE, *quarante et un, quarante-deux.* . . . .
CINQUANTE, *cinquante et un, cinquante-deux.* . . . .
SOIXANTE, *soixante et un, soixante-deux.* ..... *soixante et dix,*
    soixante et onze. . . . .
QUATRE-VINGTS, *quatre-vingt-un,* ..... *quatre-vingt-dix.* . . . . .
CENT, *cent un, cent deux.* . . . .
MILLE. . . . .

(Ordinaux.)

Premier, second, deuxième, troisième, quatrième, ...
. . . . *centième,* ..... *millième.* . . . .

4° ADJECTIFS INDÉFINIS (2).

MASC. SING.	FÉM. SING.	MASC. PLUR.	FÉM. PLUR.
quel,	*quelle,*	*quels,*	*quelles,*
tel,	*telle,*	*tels,*	*telles,*
certain,	*certaine,*	*certains,*	*certaines,*
autre,	*autre,*	*autres,*	*autres,*
même,	*même,*	*mêmes,*	*mêmes,*
quelque,	*quelque,*	*quelques,*	*quelques,*
aucun,	*aucune,*	*aucuns,*	*aucunes,*
tout,	*toute,*	*tous,*	*toutes,*
nul,	*nulle,*	*nuls,*	*nulles,*
maint,	*mainte,*	*maints,*	*maintes,*
chaque,	*chaque,*	»	»
un.	*une.*	*des, plusieurs,*	*des, plusieurs.*

NOTA. Les adjectifs sont du même genre et du même nombre que les noms auxquels ils se rapportent.

---

(1) On fera bien d'écrire ou de faire écrire, jusqu'à ce que l'orthographe en soit connue, tous ces adjectifs, depuis *un* jusqu'à *cent,* en y ajoutant un substantif.

(2) Plusieurs de ces mots ne sont pas toujours *adjectifs indéfinis.* (Voy. la note de la page précédente.)

IV. — LES PRONOMS.

Les *pronoms* sont les mots qui représentent les personnes et les choses sans les nommer.

Exemples :

JE ME *dois à mon pays avant tout.*
TU *ne seras heureux qu'en pratiquant la vertu.*
Napoléon III a sauvé la France; IL *a abaissé la puissance de l'Autriche.*

NOTA. Le pronom épargne souvent la répétition d'un nom.

Il y a cinq sortes de pronoms.

1° PRONOMS PERSONNELS.

Je, me, moi, nous.	Pour la 1ʳᵉ personne.
Tu, te, toi, vous.	Pour la 2ᵉ personne.
Il, elle, ils, elles. *Le, la, les.* *Lui, eux, leur.* *Se, soi, en, y.*	Pour la 3ᵉ personne.

2° PRONOMS DÉMONSTRATIFS.

Ce, ceci, cela.
Celui, celle, ceux, celles.
Celui-ci, celui-là, ceux-ci, ceux-là.
Celle-ci, celle-là, celles-ci, celles-là.

3° PRONOMS POSSESSIFS.

le mien,	*la mienne,*	*les miens,*	*les miennes,*
le tien,	*la tienne,*	*les tiens,*	*les tiennes,*
le sien,	*la sienne,*	*les siens,*	*les siennes,*
le nôtre,	*la nôtre,*	*les nôtres,*	*les nôtres,*
le vôtre,	*la vôtre,*	*les vôtres,*	*les vôtres,*
le leur.	*la leur.*	*les leurs.*	*les leurs.*

4° PRONOMS RELATIFS.

Qui, que, quoi, dont,
Lequel, laquelle, lesquels, lesquelles.

5° Pronoms indéfinis.

on,	*rien,*	*quelques-unes*	*plusieurs,*
l'on,	*quiconque,*	*l'un,*	*certain,*
chacun,	*quelqu'un,*	*l'autre,*	*nul,*
autrui,	*quelqu'une,*	*les uns,*	*aucun,*
personne,	*quelques-uns,*	*les autres,*	*tout.*

Nota. Les pronoms sont du même genre et du même nombre que les noms dont ils rappellent l'idée.

V. — LES VERBES.

Les *verbes* sont les mots qui expriment une *action* ou un *état.*

Ainsi, dans

Nous courons *aux armes ;*
Ce blessé souffre *beaucoup ;*

Courons, exprime une *action ; souffre*, exprime un *état :* ces deux mots sont donc des verbes.

VI. — LES PARTICIPES.

Les *participes* sont les mots qui tiennent des *verbes* et des *adjectifs qualificatifs.*

Il y en a de deux sortes :

1° Les *participes présents*, qui sont toujours terminés par *ant,* comme

Aim*ant*, *finiss*ant, *recev*ant, *rend*ant.

2° Les *participes passés*, qui sont toujours terminés par

é,   i,   u,   t,   s,

Comme aim*é*, *fini*, *reçu*, *écrit*, *soumis*.

Nota. Les participes passés sont toujours accompagnés du verbe *avoir* ou du verbe *être*, exprimé ou sous-entendu.

VII. — LES ADVERBES.

Les *adverbes* sont les mots *invariables* que l'on joint aux verbes, aux *adjectifs qualificatifs* ou à d'autres *adverbes* pour les modifier.

Exemples :

Paul écrit LISIBLEMENT ;
Il parle BIEN ;
Il est TRÈS-*poli* ;
Il est TOUJOURS TRÈS-SIMPLEMENT *vêtu*.

Les principaux adverbes sont :

ailleurs,	déjà,	naguère,
ainsi,	demain,	ne,
alentour,	derrière,	néanmoins,
alors,	désormais,	nenni,
après,	dessous,	non,
assez,	dessus,	notamment,
assurément,	devant,	nuitamment,
aujourd'hui,	donc,	nullement,
auparavant,	dorénavant,	oui,
auprès,	encore,	où,
aussi,	enfin,	parfois,
aussitôt,	ensemble,	partout,
autant,	ensuite,	partant,
autour,	environ,	pas,
autrefois,	exprès,	peu,
autrement,	guère,	pis,
avant,	gratis,	plus,
beaucoup,	hier,	plutôt,
bien,	ici,	point,
bientôt,	incessamment,	pourquoi,
çà,	incontinent,	pourtant,
cependant,	incognito,	près,
certes,	instamment,	présentement,
ci,	jadis,	presque,
combien,	jamais,	proche,
comme,	là,	quand,
comment,	loin,	quasi,
da,	lors,	que (*combien*),
davantage,	mal,	quelque,
debout,	maintenant,	quelquefois
decà,	même (*aussi*),	sciemment,
dedans,	mieux,	si,
dehors,	moins,	sitôt,

soit (*oui*),	tantôt,	très,
soudain,	tard,	trop,
souvent,	tôt,	vite,
surtout,	toujours,	volontiers,
sus,	tout (*entièrement*),	y (*là*),
tant,	toutefois,	

Et une foule d'autres terminés pas *ment*, comme

premièrement,	poliment,	prudemment,
secondement,	sagement,	négligemment,
deuxièmement,	hardiment,	méchamment,
troisièmement,	uniquement,	etc., etc.

Enfin, certains *adjectifs* deviennent *adverbes*, quand ils modifient des *verbes*.

Tels sont :

Bon : cette fleur sent *bon*.
Cher : ces livres coûtent *cher*.
Juste : ils chantent *juste*.
Bas : elles parlent *bas*.

Locutions adverbiales les plus usitées ou présentant des difficultés.

à bras-le-corps,	à tout,	maintes fois,
à cette heure,	à tue-tête,	non-seulement,
à cloche-pied,	au pis-aller,	par-ci par-là,
à compte,	avant-hier,	par mégarde,
à contre-cœur,	à verse (*il pleut*),	pêle-mêle,
à cor et à cri,	à vide,	peu à peu,
à foison,	çà et là,	peut-être,
à huis clos,	c'est-à-dire,	sur-le-champ,
à huis ouverts,	coûte que coûte,	sans cesse,
à jeun,	d'abord,	sans contredit,
à la débandade,	d'ailleurs,	sans doute,
à l'avenir,	d'arrache-pied,	sens dessus dessous,
à l'envi,	de bonne heure,	sens devant derrière
à l'improviste,	d'emblée,	tant pis,
à outrance,	de plain-pied,	tête à tête,
à peine,	de sang-froid,	tour à tour,
à peu près,	en arrière,	tout à coup,
à plomb,	en sursaut,	tout à fait,
à propos,	en suspens,	tout à l'heure,
à rebours,	en tapinois,	tout d'un coup,
à reculons,	en vain,	vaille que vaille.
à tâtons,	etc.	

VIII. — LES PRÉPOSITIONS.

Les *prépositions* sont les mots *invariables* qui servent à joindre un *nom*, un *pronom* ou un *infinitif* au mot qui précède pour en compléter le sens.

Exemples :

Du pain DE *froment.*
Je vais A *Versailles.*
Marchez DEVANT *moi.*
Je cours POUR *arriver* A *l'heure.*

Les prépositions les plus usitées, sont :

à,	durant,	touchant,
après,	en,	parmi,
avant,	entre,	pendant,
avec,	envers,	pour,
chez,	excepté,	près,
concernant,	hormis (*h* asp.),	sans,
contre,	hors (*h* asp.),	sauf,
dans,	jusque,	selon,
de,	malgré,	sous,
depuis,	moyennant,	suivant,
derrière,	nonobstant,	sur,
dès,	outre,	vers,
devant,	par,	voici, voilà.

Locutions prépositives.

à cause de,	auprès de,	lors de,
afin de,	autour de,	près de,
à l'instar de,	en deçà de,	proche de,
à l'insu de,	d'après,	quant à,
au delà de,	en faveur de,	vis-à-vis de.

IX. — LES CONJONCTIONS.

Les *conjonctions* sont les mots *invariables* qui servent à lier un mot à un autre mot, ou une proposition à une autre proposition.

Exemples :

J'aime ma patrie ET *mes parents.*
NI *l'or* NI *l'argent ne nous rendent heureux.*
La guerre a ses faveurs COMME *ses disgrâces.*
Aimez la vertu PUISQU'*elle seule peut vous rendre heureux.*

Les conjonctions les plus usitées sont :

aussi,	mais,	quand (*lorsque*),
car,	ni,	que,
comme,	or,	quoique,
donc,	ou,	si,
et,	pourquoi,	sinon,
lorsque,	puisque,	soit (*répété*).

Locutions conjonctives.

afin que,	en tant que,	pourvu que,
en sorte que,	parce que,	tandis que.

X. — LES INTERJECTIONS.

Les *interjections* sont les mots qui représentent les cris que l'homme pousse dans la *douleur*, dans l'*admiration*, dans la *joie*, dans la *peur*, etc., etc.

Les interjections les plus usitées sont :

1° *ah ! ha ! eh ! hé ! oh ! ho ! ô.....*
2° *amen ! aïe ! bah ! bravo ! chut ! gare ! hélas !*

RÉCAPITULATION.

1. Le nom ou substantif.		
2. L'article.		
3. L'adjectif.		
4. Le pronom.	} Mots variables.	
5. Le verbe.		
6. Le participe.		
7. L'adverbe.		
8. La préposition.	} Mots invariables.	
9. La conjonction.		
10. L'interjection.		

APPLICATION DE LA PREMIÈRE PARTIE.

APPLICATION VERBALE.

On fait lire attentivement une phrase, puis on fait rechercher et citer les mots faisant l'objet de la leçon.

APPLICATION ÉCRITE.

On dicte un petit morceau, puis au moyen de *signes conventionnels* tels que des *barres*, des *chiffres*, des *lettres*, etc., on fait noter les mots qui font l'objet de la leçon. On peut aussi les faire écrire en colonnes à la suite de la dictée.

Nota. C'est au maître seul, suivant la force de ses élèves, à déterminer le plus ou moins d'étendue de la leçon, et à faire le choix des procédés à employer.

DEUXIÈME PARTIE.

DE L'ORTHOGRAPHE.

Qu'est-ce que *l'orthographe?*

L'orthographe est l'art d'écrire les mots avec toutes les *lettres* et les *signes orthographiques* exigés par les règles et par l'usage.

Iʳᵉ LEÇON.

DE LA DÉRIVATION (1).

La *dérivation* est l'origine qu'un mot tire d'un autre.

Les mots qui servent à en composer d'autres s'appellent *primitifs*.

Les mots qui sont formés des primitifs se nomment *dérivés*.

PRIMITIFS.	DÉRIVÉS.
Bord..........	border. bordeur. bordage.
Plant..........	plante. planter. planteur. plantation. plantage. plantoir.

(1) Les règles de dérivation s'appliquant sans effort, et comme naturellement, à une multitude de mots, c'est pourquoi nous commençons par elles.

1. La *lettre finale* d'un mot primitif est presque toujours indiquée par son dérivé le plus simple (1).

On termine (2) :

plomb	par	*b*, parce qu'il forme plomb*er*.		
bord	—	*d*,	—	bord*er* (3).
rang	—	*g*,	—	rang*er*.
cri	—	*i*,	—	cri*er* (4).
exil	—	*l*,	—	exil*er*.
chemin	—	*n*,	—	chemin*er* (5).
camp	—	*p*,	—	camp*er*.
encens	—	*s*,	—	encens*er* (6).
gant	—	*t*,	—	gant*er* (7).
désir	—	*r*,	—	désir*er*.
clou	—	*ou*,	—	clou*er*.

On termine (8) :

sang	par	*g*, parce qu'il forme sang*uin*.		
bourg	—	*g*,	—	bourg*ade*.
champ	—	*p*,	—	champ*être*.
abricot	—	*t*,	—	abricot*ier*.
expert	—	*t*,	—	expert*ise*.
cent	—	*t*,	—	cent*aine*.
célibat	—	*t*,	—	célibat*aire*.
berger	—	*r*,	—	berg*ère*.

On termine (9) :

profond	par	*d*, parce qu'il forme profond*e*.		
sain	—	*n*,	—	sain*e*.

---

(1) Ainsi on écrira *nu* à cause de *nue*, quoiqu'on ait *nudité*; *mari* à cause de *marier*, quoiqu'on ait *marital*; *roman* à cause de *romanesque*, quoiqu'on ait *romantique*; *clou* à cause de *clouer*, quoiqu'on ait *cloutier*.

(2) La *lettre finale* d'un *substantif* est souvent indiquée par le *verbe* qu'il forme.

(3) Tels sont : abord, accord, bavard, billard, bord, brigand, dard, échafaud, fard, hasard, placard, poignard, etc.

(4) — défi, mari, pari, pli, souci.

(5) — bouquin, burin, butin, chagrin, devin, marin, patin, satin, vaccin, don, abandon, etc.

(6) — abus, avis, bas, biais, bois, bris, mépris, parvis, tamis, ados, amas, tapis, vernis, etc.

(7) — affront, affût, appoint, arpent, bât, brevet, cahot, caquet, ciment, complot, début, etc.

(8) La *lettre finale* d'un *substantif*, qui ne forme pas un verbe, est souvent indiquée, soit par le *féminin*, soit par l'*adjectif* correspondant.

(9) Pour déterminer la *lettre finale* d'un *adjectif* ou d'un *participe* au masculin singulier, *il faut en former le féminin*.

NOTA. Les *participes* dont la dérivation n'amène pas une *consonne* se terminent par *é, i, u,* suivant qu'ils ont l'un de ces sons; tels sont : *bronché, dîné, fraternisé, nagé, succédé; agi, langui, menti; complu, déplu, vécu*, etc.

saint	par	*t*, parce qu'il forme saint*e*.
gras	—	*s*,	—	gras*se*.
supérieur	—	*r*,	—	supérieur*e*.
nu	—	*u*,	—	nu*e*.
léger	—	*r*,	—	lég*è*re.
aimé	—	*é*,	—	aimé*e*.
chéri	—	*i*,	—	chéri*e*.
promis	—	*s*,	—	promis*e*.
écrit	—	*t*,	—	écrit*e*.
reçu	—	*u*,	—	reçu*e*.

et une foule d'autres.

EXCEPTIONS.

On termine :

faisan	par	*n*, malgré le dérivé faisand*er*.
depôt	—	*t*,	—	dépos*er*.
entrepôt	—	*t*,	—	entrepos*er*.
impôt	—	*t*,	—	impos*er*.
numéro	—	*o*,	—	numérot*er*.
abri	—	*i*,	—	abrit*er*.
filou	—	*ou*,	—	filout*er*.
relais	—	*s*,	—	relay*er*.
talus	—	*s*,	—	talut*er*.
plafond	—	*d*,	—	plafonn*er*.
statut	—	*t*,	—	statu*er*.
salut	—	*t*,	—	salu*er*.
étain	—	*n*,	—	étam*er* (1).
bijou	—	*ou*,	—	bijout*ier*.
coco	—	*o*,	—	cocot*ier*.
indigo	—	*o*,	—	indigot*ier*.
horizon	—	*on*,	—	horizont*al*.
apostat	—	*t*,	—	apostas*ie*.
appétit	—	*t*,	—	appétiss*ant*.
noix	—	*x*,	—	nois*ette*.
paix	—	*x*,	—	pais*ible*.
venin	—	*n*,	—	venim*eux*.
tabac	—	*c*,	—	tabat*ière*.
caillou	—	*ou*,	—	caillout*eux*.
jus	—	*s*,	—	jut*eux*.
domino	—	*o*,	—	dominot*ier*.
bras	—	*s*,	—	brac*elet*.
pied	—	*d*,	—	piét*on*.

---

(1) Il faut ajouter *choix, croix, poix, toux, courroux,* qui forment *choisir, croiser, poisser, tousser, courroucer.*

On termine :

tiers	par	*s*, malgré le dérivé tierc*e*.		
absous	—	*s*,	—	absout*e*.
dissous	—	*s*,	—	dissout*e*.
coi	—	*oi*,	—	coit*e*.
favori	—	*i*,	—	favorite (1).

2. Les *dérivés* conservent la même orthographe que les *primitifs* dans les syllabes qui ont le même son.

Ainsi on écrit :

abond*a*nce	par	*an*, parce qu'il dérive d'abond*a*nt.		
clém*e*nce	—	*en*,	—	de clém*e*nt.
résid*e*nce	—	*en*,	—	de résid*e*nt.
ina*pp*liqué	—	*pp*,	—	d'a*pp*liquer.
ina*p*erçu	—	*p*,	—	d'a*p*ercevoir.
so*mm*eil	—	*mm*,	—	de so*mm*e.

Voici les principales exceptions.

On écrit :

exig*e*nce	sans	*a*, quoique dérivé d'exig*e*ant.		
exist*e*nce	—	*a*,	—	d'exist*a*nt.
voirie	—	*e* (intérieur) —	de voi*e*.	
inv*i*ncible	—	*a*,	—	de v*ai*ncre.
extinction (2)	—	*e*,	—	d'ét*ei*ndre.
aba*t*age (3) avec un seul	*t*,	—	d'aba*tt*re.	
co*t*illon	—	*t*,	—	de co*tt*e.
mo*n*étaire (4) avec une	*n*,	—	de mo*nn*aie.	
hono*r*er (5)	—	*n*	—	d'ho*nn*eur.
ho*m*icide (6) avec une	*m*,	—	d'ho*mm*e.	
fami*l*ier (7)	—	*l*,	—	de fami*ll*e.
resseme*l*er (8) avec une	*l*,	—	de seme*ll*e.	

---

(1) Il faut ajouter : *époux, jaloux, roux, faux*, qui prennent *x*, malgré les dérivés *épouse, jalouse, rousse, fausse*, et environ deux cents autres, comme *heureux, boiteux*, qui font au féminin *heureuse, boiteuse*.

(2) Inextinguible.

(3) Abatis.

(4) Démonétiser, démonétisation.

(5) Honorable, honorifique, honoraire.

(6) Bonhomie, prud'homie.

(7) Familièrement, familiarité, familiariser.

(8) Ressemelage.

chande*l*ier avec une *l*, quoique dérivé de chande*ll*e.
grènetier (1) —   *è*, — de gr*ai*ne.
pra*i*rie (2) avec *ai*, — de pr*é*.
cou*rr*ier (3) avec *rr*, — de cou*r*ir.

3. Les sons *ai, au, an, ain* prennent un *a* lorsque, à leur place, on trouve le son *a* dans un dérivé.

On écrit donc :

*a*ile avec *a*, à cause du dérivé *a*gile.
n*aî*tre — *a*, — n*a*tal.
p*ai*re — *a*, — p*a*reil.
p*ai*x — *a*, — p*a*cifier.
f*ai*re — *a*, — f*a*çon.
s*au*ver — *a*, — s*a*lut.
f*au*te — *a*, — f*a*illir.
n*au*tique — *a*, — n*a*tation.
rom*an* — *a*, — rom*a*nesque.
sult*an* — *a*, — sult*a*ne.
p*ain* — *a*, — p*a*nade.
v*ain* — *a*, — v*a*nité.
hum*ain* — *a*, — hum*a*nité.

Il en est de même pour beaucoup d'autres.

4. La dérivation fait aussi connaître des consonnes intérieures, *qui sont inutiles en apparence*, mais que le bon usage a conservées, parce qu'on les trouve dans les mots de la même famille (4).

Ainsi, on écrit :

instin*ct* avec *c* et *t*, parce qu'ils sonnent dans instin*ct*if.
exem*p*ter — *p*, parce qu'il sonne dans exem*p*tion.
cor*p*s — *p*, — cor*p*orel.
tem*p*s — *p*, — tem*p*orel.
pou*ls* — *l* et *s*, parce qu'elles sonnent dans pu*ls*ation.

Il en est de même pour beaucoup d'autres que l'usage apprendra.

---

(1) Grèneterie.
(2) Prairial.
(3) Courrière.
(4) On entend par famille de mots une collection de mots qui ont un rapport de sens et un rapport de forme ; tels sont : *bois, boiser, déboiser, emboiser, boiserie, boiseux, boisement, déboisement, reboisement.*

IIᵉ LEÇON.

ORTHOGRAPHE DE LA *lettre finale* DES *substantifs*, DES *adjectifs* ET DES *participes masculins singuliers* (1).

5. RÈGLE GÉNÉRALE. Les *substantifs*, les *adjectifs* et les *participes masculins singuliers* se terminent généralement sans un *e* muet, qui est la finale des féminins.

NOTA. Il n'y a pas d'exception pour les *participes*; elles sont très-nombreuses pour les *substantifs* et les *adjectifs*. Nous allons donner des règles pour les cas les plus usités.

... É.

6. Les *masculins* du son final *é* se terminent sans *e* muet.

Exemples :

abrégé,	préjugé,	armurier,	brochet,
clergé,	péché,	artificier,	cabaret,
duché,	abricotier,	banquet,	carnet,
défilé,	amandier,	bluet.	hoquet.
marché.	argentier,	bracelet,	etc., etc.

EXCEPTÉ :

Apogée, athée, élysée, lycée, mausolée, musée, prytanée, trophée, caducée, coryphée, hyménée, empirée, périgée, scarabée, Linnée, et quelques autres peu usités.

---

(1) La dérivation, ainsi que nous l'avons vu, fait connaître la lettre finale d'un très-grand nombre de ces mots; il faut donc y recourir d'abord.

... I.

7. Les *masculins* du son final *i* se terminent sans *e* muet.

Exemples :

abri,	déni,	acabit,	débit,
alcali,	oubli,	bandit,	récit,
bouffi,	pari,	circuit,	réduit,
défi,	parti,	conduit,	rescrit,

et beaucoup d'autres.

EXCEPTÉ :

Amphibie, bain-marie, génie, impie, incendie, parapluie, Messie, sosie, Élie, Tobie, Zacharie, et quelques autres noms propres.

... OI.

8. Les *masculins* du son final *oi* se terminent sans *e* muet.

Exemples :

beffroi,	effroi,	tournoi,	droit,
charroi,	emploi,	froid,	exploit,
convoi,	émoi.	pois, poids,	surcroît,
désarroi,	octroi,	détroit,	toit,

et plusieurs autres, excepté *foie* (viscère).

... OU ,... U.

9. Les *masculins* des sons finals *ou*, *u* se terminent sans *e* muet.

Exemples :

acajou,	chou,	écu,	joufflu,
amadou,	clou,	élu,	menu,
bijou,	écrou.	fichu.	revenu,
caillou,	filou, etc.	goulu,	reçu, etc.

... IQUE.

10. Les *adjectifs masculins* du son final *ique* se terminent par *que*.

Exemples :

apathique,	comique,	gothique,	oblique,
alphabétique,	domestique,	héroïque,	périodique,
arabique,	élastique,	italique,	pratique,
colérique,	graphique,	magique,	unique,

et une foule d'autres, excepté *public*.

... IF.

11. Les *masculins* du son final *if* se terminent sans *e* muet.

Exemples :

canif,	motif,	récif,	tarif,
effectif,	oisif,	rosbif,	vif,
esquif,	passif,	suif,	vomitif,
massif,	positif,	tentatif,	vindicatif,

et plus de quatre cents autres.

EXCEPTÉ :

Calife, pontife, — escogriffe, — Caïphe, logogriphe, hiéroglyphe, apocryphe.

... AL.

12. Les *masculins* du son final *al* se terminent sans *e* muet.

Exemples :

amiral,	cristal,	minéral,	val,
arsenal,	fanal,	régal,	vassal,
bal,	original,	signal,	vital,
local,	métal,	tribunal,	vocal,

et plus de deux cent cinquante autres.

EXCEPTÉ :

1° Astragale, cannibale, dédale, pétale, scandale, — châle, mâle, râle, hâle, — intervalle, *substantifs;*
2° Ovale, philosophale, sale, pâle, *adjectifs;*
3° Quelques noms propres que l'usage apprendra.

... EL.

13. Les *masculins* du son final *el* se terminent sans *e* muet.

Exemples :

annuel, *adj.*,	casuel,	matériel,	actuel, *adj.*,
appel.	colonel,	missel,	charnel, *adj.*,
autel,	dégel,	rappel,	sensuel, *adj.*,
caramel,	fiel,	temporel,	visuel, *adj.*,

et beaucoup d'autres.

EXCEPTÉ :

1° Libelle, polichinelle, vermicelle, violoncelle, rebelle, par *ll;*
2° Érysipèle, modèle, varicocèle, zèle, fidèle, infidèle, par *èle;*
3° Grêle, frêle, pêle-mêle, poêle, par *éle.*

... ILE.

14. Les *masculins* du son final *il* se terminent par un *e* muet.

Exemples :

concile,	projectile,	docile, *adj.*,	imbécile,
crocodile,	serrefile,	futile, *adj.*,	vaudeville,
domicile,	débile, *adj.*,	hostile, *adj.*,	pupille,
évangile,	difficile, *adj.*,	utile,	tranquille,

et plusieurs autres.

EXCEPTÉ :

Cil, exil, fil, pistil, profil, alguazil, bissextil, civil, puéril, subtil, vil, viril, mil (*date des années*), volatil, — Nil, Brésil, et quelques noms propres.

... AIL ,... EIL ,... EUIL , ... IL (*l* mouillée).

15 Les *masculins* du son final *ille* (*ll* mouillées) se terminent sans *e* muet.

Exemples :

ail,	émail,	soleil,	tilleul,
attirail,	appareil,	sommeil,	treuil,
bétail,	conseil,	vermeil,	babil,
camail,	éveil,	cerfeuil,	péril,
travail,	réveil,	écureuil,	fenouil,

et tous les autres, excepté *quadrille.*

... OIR.

16. Les *substantifs masculins* du son final *oir* se terminent sans *e* muet, quand on peut changer *oir* en *ant*, pour en former un participe présent.

Exemples :

abreuvoir,	blutoir,	éteignoir,	miroir,
affinoir,	chauffoir,	étouffoir,	ouvroir,
alésoir,	déversoir,	fermoir,	saloir,
aplatissoir,	embauchoir,	grattoir,	sautoir,
boudoir,	entonnoir,	lavoir,	trottoir,

et plusieurs autres, excepté *compulsoire* et *consistoire.*

... OIRE.

17. Les *substantifs masculins* du son final *oir* se terminent par un *e* muet, quand on ne peut changer *oir* en *ant*, pour en former un participe présent.

Exemples :

auditoire,	ivoire,	offertoire,	réfectoire,
ciboire,	interrogatoire,	oratoire,	répertoire,
déboire,	laboratoire,	purgatoire,	réquisitoire,
directoire,	mémoire,	promontoire,	territoire,
grimoire,	observatoire,	pour-boire,	vésicatoire.

et plusieurs autres.

EXCEPTÉ :

Aspersoir, dortoir, espoir, désespoir, loir, manoir, soir, savoir, noir et terroir.

... OIRE.

18. Les *adjectifs masculins* du son final *oir* se terminent par un *e* muet.

Exemples :

attentatoire,	dilatoire,	divinatoire,	préparatoire,
comminatoire	exécutoire,	notoire,	provisoire,
contradictoire	expiatoire,	obligatoire,	rogatoire,
dérisoire,	méritoire,	oratoire,	transitoire,
diffamatoire,	dînatoire,	inflammatoire	vexatoire,

et plusieurs autres, excepté *noir.*

... EUR.

19. Les *masculins* du son final *eur* se terminent sans *e* muet.

Exemples :

amuseur,	défenseur,	farceur,	tireur,
attrapeur,	déshonneur,	jaseur,	toiseur,
bonheur.	diviseur,	liseur,	vanteur,
calculateur,	délateur,	malheur,	veneur,
chamoiseur,	électeur,	rhéteur,	visiteur,

et plusieurs autres, excepté *beurre* et *leurre* (tromperie).

AVIS IMPORTANT.

Dans cette leçon, comme dans toutes les autres, ainsi qu'on pourra s'en convaincre, nous n'avons pas perdu de vue le but que nous nous sommes proposé :

Aplanir par des règles simples, faciles, et surtout d'une application fréquente, ces premières difficultés qui effrayent les commençants, les arrêtent longtemps, et leur font souvent prendre en dégoût l'étude de l'orthographe.

Ainsi donc, au lieu de nous blâmer, on nous saura gré, nous l'espérons, d'avoir écarté de ce livre une foule de règles d'une application trop rare ou trop difficile.

III° LEÇON.

ORTHOGRAPHE DR LA *lettre finale* DES *substantifs*, DES *adjectifs* ET DES *participes féminins singuliers*.

20. RÈGLE GÉNÉRALE. Les *substantifs*, les *adjectifs* et les *participes*, au *féminin* et au *singulier*, se terminent généralement par un *e* muet.

Exemples :

Une voie sûre,	*Une courroie cassée,*
Une statue colossale,	*Une carabine chargée.*

Il n'y a pas d'exception pour les *adjectifs* et pour les *participes*; on peut les réduire à quatre pour les *substantifs*.

Les voici :

21. 1° Ceux qui sont terminés par le son *on*.

Exemples :

adhésion,	effusion,	incision,	propension,
allusion,	évasion,	infusion,	répulsion,
confusion,	exclusion,	invasion,	suspension,
division,	fusion,	pension,	version,

et beaucoup d'autres sur lesquels on ne peut pas se tromper.

22. 2° Ceux qui sont terminés par le son *eur*.

Exemples :

ardeur,	laideur,	rondeur,	humeur,
froideur,	lourdeur,	splendeur,	vigueur,
grandeur,	odeur,	tiédeur,	vapeur,
hideur,	profondeur,	teneur,	valeur,

et beaucoup d'autres qui sont très-usités.

EXCEPTÉ :

Demeure et heure, — supérieure, majeure, mineure — et Eure (rivière et département).

23. 3° Ceux qui sont terminés par l'un des sons *té* ou *tié*.

Exemples :

activité,	avidité,	clarté,	fierté,
affabilité,	amitié,	commodité,	futilité,
agilité,	calamité,	complicité,	hilarité,
animosité,	cité,	crudité,	vivacité,

et plus de six cents autres très-usités.

EXCEPTÉ :

1° Ceux qui dérivent d'un verbe : une *dictée*, une *jetée*, etc.

2° Ceux qui expriment une idée de contenance : une *assiettée*, une *brouettée*, une *jointée*, une *potée*, etc., etc.

3° Une *futaie*. (Forêt de grands arbres.)

24. 4° Ceux ci-après de différentes terminaisons.

une *clef* ou *clé* (pour ouv. et ferm. une serrure), une *forêt*, la *paix*, (repos),	une *peau*, l'*eau*,	une *hart*, une *part*, la *main*, la *faim*, la *fin*, une *dent*, la *mort*, la *cour*, la *tour* (édifice), une *vis*, la *chair*, la *mer* (eau), une *cuiller* ou *cuillère*, la *nef* (partie d'un édifice), la *soif*. une *dot* (prononcez *dote*.
une *houri* (femme turque), une *fourmi*, à la *merci*, une *brebis*, une *souris*, une *oasis*, pron. *oasice* (lieu fertile dans un désert), la *nuit*, une *perdrix*, une *lady* (femme d'un lord anglais),	une *fois*, la *foi* (croyance), la *loi*, la *paroi*, une *noix* (fruit du noyer), une *croix*, la *voix* (parole), de la *poix* (suc du pin ou du sapin),	
la *chaux* (pierre cuite), une *faux* (pour faucher).	une *bru* (femme du fils), de la *glu*, une *tribu*, la *vertu*, la *toux* (tousser),	

NOTA. On copiera ou on fera copier souvent ces mots sur lesquels on fait de nombreuses fautes.

IVᵉ LEÇON.

ORTHOGRAPHE DE LA *lettre finale* DES *substantifs*, DES *adjectifs* ET DES *participes singuliers*.

25. RÈGLE GÉNÉRALE. — Les *substantifs*, les *adjectifs* et les *participes singuliers* se terminent généralement sans une des trois lettres *s, x, z*, qui terminent les pluriels.

Exemples :

un drapeau,	*une fascine*,	*un projectile*,
un étendard,	*un képy*,	*un faisceau*,
une courroie,	*une casquette*,	*la tactique*,
une baïonnette,	*un affût*,	*un exploit*.

Voici les exceptions :

Singuliers terminés par *z* :

26. On termine par *z* les quatre substantifs :

le GAZ, *le* NEZ, *le* REZ-*de-chaussée*, *le* RIZ.

Singuliers terminés par *x* :

27. 1° On termine par *x* les *masculins singuliers*, comme HEUREUX, BOITEUX, qui font... EUSE au féminin.

Exemples :

ambitieux	qui fait	*ambitieuse*.
audacieux	—	*audacieuse*.
curieux	—	*curieuse*.
séditieux	—	*séditieuse*.
victorieux	—	*victorieuse*,

et environ deux cents autres.

28. 2° On termine par *x* les vingt-cinq *substantifs* et *adjectifs singuliers* ci-après qui ne peuvent se plier à aucune règle.

un *creux*, un *preux*, *vieux* (adj.).	de la *chaux* (pierre cuite), le *taux* (taxe). *faux* (s. et adj.),	un *époux*, du *houx* (bois dur), le *courroux*, la *toux* (tousser), du *saindoux*,
le *faix* (fardeau), la *paix* (paisible).	le *choix*, la *croix*,	*doux* (adj.), *jaloux* (adj.), *roux* (adj.).
un *crucifix*, un *prix*, une *perdrix*,	une *noix*, de la *poix* (résine, la *voix* (parole).	le *flux*. le *reflux*.

Singuliers terminés par *s* :

29. 1° On termine par *s* les *substantifs singuliers* du son final *i*, formés d'un verbe par le changement de la finale.

Exemples :

chassIS	de	chassER,	logIS	de	logER,
ramassIS	—	ramassER,	pilotIS	—	pilotER,
abatIS	—	abattRE,	retroussIS	—	retroussER,
colorIS	—	colorER,	semIS	—	semER,
coulIS	—	coulER,	lavIS	—	lavER,
taillIS	—	taillER,	roulIS	—	roulER,

et plusieurs autres.

30. 2° On termine par *s* les *masculins singuliers* où la dérivation amène *s*.

Exemples :

amas	de	amassER,	tapis	de	tapissER,
tas	—	tassER,	anis	—	anisETTE,
mauvais	—	mauvaisE,	pris	—	prisE,
engrais	—	engraissER,	dos	—	dossIER,
anglais	—	anglaisE,	gros	—	grossE,
français	—	françaisE,	os	—	osSEUX,
portugais	—	portugaisE,	propos	—	proposER,
excès	—	excessIF,	repos	—	reposER,

et beaucoup d'autres.

31. 3° On termine par *s* les *substantifs* et les *adjectifs singuliers* ci-dessous dans lesquels l's ne se prononce pas, et qui ne peuvent se plier à aucune règle.

Exemples :

un *cabas*,	le *relais*,	un *rubis*,	le *dessous*,
du *cannevas*,	un *legs*,	un *salmis*,	*absous*,
un *cervelas*,	*Rabelais*,	un *salsifis*,	*dissous*,
du *chasselas*,		une *souris*,	
un *coutelas*,	un *abcès*,	un *surplis*,	un *concours*,
le *glas*,	un *accès*,	un *sursis*,	un *cours* (1),
du *fatras*,	le *congrès*,	un *taudis*,	un *discours*,
du *damas*,	un *cyprès*,	le *torticolis*,	un *ours*,
un *frimas*,	un *décès*,	un *treillis*,	le *rebours*,
un *galetas*,	du *grès*,	*Denis*,	le *secours*,
un *galimatias*,	un *procès*,	*Nuits*,	du *velours*,
un *lilas*,	le *succès*,	*Paris*,	*Nemours*,
un *lacs*,	un *mets*,		*Tours*,
un *platras*,		le *chaos*,	
un *repas*,	un *tiers*,	un *héros*,	le *dessus*,
du *taffetas*,	un *vers*,		du *jus*,
du *verglas*,	*Gers*,	un *anchois*,	le *plus*,
un *gars*,	*Nevers*,	le *carquois*,	le *pus*,
un *jars*,	*Thiers*,	le *chamois*,	le *talus*,
Villars,		de l'*empois*,	du *verjus*,
Nicolas,	une *brebis*,	une *fois*,	*cabus*,
Colas,	du *buis*,	du *gravois*,	*camus*,
Lucas,	du *cambouis*,	un *minois*,	*Jésus*,
Thomas,	du *chablis*,	un *mois*,	
	du *chènevis*,	le *patois*,	saint *Jacques*,
un *ais*,	le *cliquetis*,	un *poids*,	*Pâques*,
un *dadais*,	un *colis*,	un *pois* (légume),	
un *dais*,	un *devis*,	un *putois*,	*Provins*,
le *frais*,	un *mauvis*,	un *tournois*,	*Vervins*.
un *harnais*,	un *panaris*,	*alénois*,	*Moulins*,
du *jais*,	le *paradis*,	*matois*,	*Salins*,
un *liais*,	le *parvis*,		
un *marais*,	le *pâlis*,	un *fonds* (valeur)	le *dedans*,
un *palais*,	un *pertuis*,		un *guet-apens*,
un *panais*,	un *puits*,	le *remords*,	le *temps*.
le *rabais*,	un *radis*,	le *corps*,	
un *rais*,	un *ris*,		

(1) Un *cours* et tous ses composés prennent une *s* au singulier : un *concours*, un *discours*, un *secours*, le *parcours*, un *recours*.

32. 4° On termine également par *s* les *substantifs* et les *adjectifs singuliers* ci-dessous dans lesquels *s* se prononce.

Exemples :

un *Atlas*,	du *cassis*,	un *mérinos*,	un *prospectus*,
un *as*,	un *de profundis*	un *rhinocéros*,	un *rébus*,
un *vasistas*,	un *fils*,	le *tétanos*,	un *tumulus*,
Arras,	un *lis* (fleur),		le *typhus*,
Carpentras	du *maïs*,	l'*angelus*,	le *virus*,
Madras,	un *iris*,	l'*anus*,	un *omnibus*,
Privas,	un *orchis*,	le *blocus*,	Phébus,
	la *siphilis*,	un *chorus*,	Vénus,
de l'*aloès*,	un *spahis*,	le *choléra-morbus*,	»
un *Cortès*,	une *vis*,	un *fœtus*,	
Agnès,	Adonis,	un *hiatus*,	le *cens*,
Damoclès,	Némésis,	l'*humus*,	le *sens*,
Cérès,	Thémis,	un *obus*,	
		un *oremus*,	
	un *Albinos*,	le *papyrus*,	un *burnous*,

et beaucoup d'autres peu usités, surtout des noms propres.

Ve LEÇON.

ORTHOGRAPHE DE LA *lettre finale* DES *substantifs*, DES *adjectifs* ET DES *participes pluriels*.

---

33. RÈGLE GÉNÉRALE. — Les *substantifs*, les *adjectifs* et les *participes pluriels* se terminent par une des trois lettres *s*, *x*, ou *z*.

Pluriels terminés par *s* :

34. On termine par *z* :

gaz (mas.), *nez*, *rez-de-chaussée*, *riz*.

Pluriels terminés par *x* :

35. 1° On termine par *x* les *substantifs* et les *adjectifs pluriels* qui ont le son final *eu.*

Exemples :

Les ENVIEUX *sont* MALHEUREUX.
Les JEUX *de hasard sont* DANGEREUX.
Les VANITEUX *sont* ENNUYEUX.

EXCEPTÉ :

Bleus, nœuds, lieues, (*s. f.*), queues, bœufs, œufs.

36. 2° On termine par *x* les *substantifs* et les *adjectifs pluriels* terminés par le son *au*, lorsque le singulier est en *al, ail* ou *au.*

Exemples :

Des *amir*AUX, *pluriel d'amir*AL.
Des *fan*AUX,   —   *de fan*AL.
Des *b*AUX,   —   *de b*AIL.
Des *cor*AUX,   —   *de cor*AIL.
Des *bate*AUX,   —   *de bate*AU.
Des *vaisse*AUX,   —   *de vaisse*AU.

Des *bestiaux*, des *matériaux*, des *faux* (pour faucher), des hommes *faux*, prennent également *x*.

37. 3° On termine par *x* les quatorze *pluriels* ci-après du son final *ou.*

Exemples :

des *bijoux*,	des *joujoux*,	des *époux.*
des *cailloux*,	des *poux*,	des *toux* (tousser),
des *choux*,		*doux*, adj.
des *genoux*,	des *houx*,	*jaloux*, adj.
des *hiboux*,	des *courroux*,	*roux*, adj.

NOTA. Tous les autres du son *ou* prennent une *s* : Des *fous*, des *filous*, des *sous*, des *trous*, des *verrous*.

38. 4° Enfin, on termine par *x* les sept *substantifs* :

Crucifix, prix, perdrix, choix, croix, noix, voix (parole).

Pluriels terminés par *s* :

39. On termine par *s* tous les *participes*, ainsi que la plupart des *substantifs* et des *adjectifs pluriels*.

Exemples :

Voici de JOLIS FUSILS *et de* CHARMANTS PISTOLETS.
Voilà de BELLES CARABINES *et de* SUPERBES ESPINGOLES.
Les TRAITRES *furent* EMPRISONNÉS, JUGÉS, CONDAMNÉS *et* EXÉCUTÉS.

ACCORD DE L'ADJECTIF.

40. *L'adjectif* s'accorde en genre et en nombre avec le nom auquel il se rapporte.

Exemples :

Un chapeau NEUF,	*Un képy* USÉ,
Une casquette NEUVE,	*Une capote* USÉE,
Des chapeaux NEUFS,	*Des képys* USÉS,
Des casquettes NEUVES,	*Des capotes* USÉES,

41. Tout *adjectif* qui qualifie plusieurs noms se met au *pluriel masculin*, si les noms sont masculins ou de différents genres ; et au *pluriel féminin*, si les noms sont féminins.

Exemples :

1° ALEXANDRE *et* NAPOLÉON *furent* VICTORIEUX.
Le ROI *et le* BERGER *sont* ÉGAUX *après la* MORT.

Les noms étant masculins, l'adjectif est du masculin.

2° *La* VIANDE *et le* VIN *sont* FORTIFIANTS.
La FORTUNE *et les* FLOTS *sont* INCONSTANTS.

Les noms étant de différents genres, l'adjectif est du masculin.

3° *La* FRANCE *et l'*ITALIE *sont* VOISINES.
*L'*IVROGNERIE *et la* GOURMANDISE *sont* VILES *et* MÉPRISABLES.

Les noms étant féminins, l'adjectif est du féminin.

VIe LEÇON.

ORTHOGRAPHE DES VERBES

AVOIR et ÊTRE.

Conjugaison affirmative et interrogative.

INFINITIF PRÉSENT.

Avoir. | Être.

PARTICIPE PRÉSENT.

Ayant. | Étant.

PARTICIPE PASSÉ.

Eu. | Été.

INDICATIF PRÉSENT.

J' ai,	Ai-je ?	Je suis,	Suis-je ?
Tu as,	As-tu ?	Tu es,	Es-tu ?
Il a,	A-t-il ?	Il est,	Est-il ?
Elle a,	A-t-elle ?	Elle est,	Est-elle ?
On a,	A-t-on ?	On est,	Est-on ?
Nous avons,	Avons-nous ?	Nous sommes,	Sommes-nous ?
Vous avez,	Avez-vous ?	Vous êtes,	Êtes-vous ?
Ils ont,	Ont-ils ?	Ils sont,	Sont-ils ?
Elles ont.	Ont-elles ?	Elles sont.	Sont-elles ?

IMPARFAIT.

J' avais,	Avais-je ?	J' étais,	Étais-je ?
Tu avais,	Avais-tu ?	Tu étais,	Étais-tu ?
Il avait,	Avait-il ?	Il était,	Était-il ?
Elle avait,	Avait-elle ?	Elle était,	Était-elle ?
On avait,	Avait-on ?	On était,	Était-on ?
Nous avions,	Avions-nous ?	Nous étions,	Étions-nous ?
Vous aviez,	Aviez-vous ?	Vous étiez,	Étiez-vous ?
Ils avaient,	Avaient-ils ?	Ils étaient,	Étaient-ils ?
Elles avaient.	Avaient-elles ?	Elles étaient.	Étaient-elles ?

PASSÉ DÉFINI.

J' eus,	Eus-je?		Je fus,	Fus-je?
Tu eus,	Eus-tu?		Tu fus,	Fus-tu?
Il eut,	Eut-il?		Il fut,	Fut-il?
Elle eut,	Eut-elle?		Elle fut,	Fut-elle?
On eut,	Eut-on?		On fut,	Fut-on?
Nous eûmes,	Eûmes-nous?		Nous fûmes,	Fûmes-nous?
Vous eûtes,	Eûtes-vous?		Vous fûtes,	Fûtes-vous?
Ils eurent,	Eurent-ils?		Ils furent,	Furent-ils?
Elles eurent.	Eurent-elles?		Elles furent.	Furent-elles?

FUTUR.

J' aurai,	Aurai-je?		Je serai,	Serai-je?
Tu auras,	Auras-tu?		Tu seras,	Seras-tu?
Il aura,	Aura-t-il?		Il sera,	Sera-t-il?
Elle aura,	Aura-t-elle?		Elle sera,	Sera-t-elle?
On aura,	Aura-t-on?		On sera,	Sera-t-on?
Nous aurons,	Aurons-nous?		Nous serons,	Serons-nous?
Vous aurez,	Aurez-vous?		Vous serez,	Serez-vous?
Ils auront,	Auront-ils?		Ils seront,	Seront-ils?
Elles auront.	Auront-elles?		Elles seront.	Seront-elles?

CONDITIONNEL.

J' aurais,	Aurais-je?		Je serais,	Serais-je?
Tu aurais,	Aurais-tu?		Tu serais,	Serais-tu?
Il aurait,	Aurait-il?		Il serait,	Serait-il?
Elle aurait,	Aurait-elle?		Elle serait,	Serait-elle?
On aurait,	Aurait-on?		On serait,	Serait-on?
Nous aurions,	Aurions-nous?		Nous serions,	Serions-nous?
Vous auriez,	Auriez-vous?		Vous seriez,	Seriez-vous?
Ils auraient,	Auraient-ils?		Ils seraient	Seraient-ils?
Elles auraient.	Auraient-elles?		Elles seraient	Seraient-elles?

IMPÉRATIF.

» Aie,	»		» Sois,	»
» Ayons,	»		» Soyons,	»
» Ayez.	»		» Soyez.	»

SUBJONCTIF PRÉSENT.

Que j' aie,		Que je sois,	
Que tu aies,		Que tu sois,	
Qu'il ait,		Qu'il soit,	
Qu'elle ait,		Qu'elle soit,	
Qu'on ait,		Qu'on soit,	
Que nous ayons,		Que nous soyons,	
Que vous ayez,		Qne vous soyez,	
Qu'ils aient,		Qu'ils soient,	
Qu'elles aient.		Qu'elles soient.	

IMPARFAIT DU SUBJONCTIF.

Que j'	eusse,	Que je	fusse,
Que tu	eusses,	Que tu	fusses,
Qu'il	eût,	Qu'il	fût,
Qu'elle	eût,	Qu'elle	fût,
Qu'on	eût,	Qu'on	fût,
Que nous	eussions,	Que nous	fussions,
Que vous	eussiez,	Que vous	fussiez,
Qu'ils	eussent,	Qu'ils	fussent,
Qu'elles	eussent.	Qu'elles	fussent.

Afin de graver profondément dans la mémoire des élèves la conjugaison et l'orthographe des verbes *Avoir* et *Être*, on leur donnera à conjuguer affirmativement et interrogativement les deux auxiliaires combinés comme il suit :

INDICATIF PRÉSENT.

J'ai des bijoux, *ou* ai-je des bijoux (1) ?

Je suis innocent, *ou* suis-je innocent (1) ?

N. B. L'interrogation ne se fait qu'au *présent de l'indicatif*, à *l'imparfait*, au *passé défini*, au *futur* et au *conditionnel*.

---

(1) On choisira toujours des substantifs ou des adjectifs qui présentent quelques difficultés orthographiques.

TABLEAU SYNOPTIQUE

MODÈLES DES QUATRE CONJUGAISONS (1).

Section	1re ..... ER.	2e ..... IR.	3e ..... OIR.	4e ..... RE.	Conjugaison particulière des verbes en... enir, tenir, venir et leurs composés (16 verbes).	Récapitulation des Terminaisons.
1. INFINITIF PRÉSENT.	Aim..... er	Fin..... ir	Recev..... oir	Rend..... re	Ven..... ir	en, ir, oir, re.
2. PARTICIPE PRÉSENT.	Aim..... ant	Finiss..... ant	Recev..... ant	Rend..... ant	Ven..... ant	ant.
3. PARTICIPE PASSÉ.	Aim..... é, e	Fin..... i, e	Reç..... u, e	Rend..... u, e	Ven..... u, e	

4. INDICATIF PRÉSENT DE L'INDICATIF.

	1re ER	2e IR	3e OIR	4e RE	venir (16 verbes)	Récapitulation
	J' aim e	Je fini s	Je reçoi s	Je rend s	Je vien s	e, s.
	Tu » es	Tu » s	Tu » s	Tu » s	Tu » s	s.
	Il » e	Il » t	Il » t	Il rend »	Il » t	e, t, d.
	N° » ons	N° finiss ons	N° recev ons	N° » ons	N° ven ons	ons
	V° » ez	V° » ez	V° » ez	V° » ez	V° » ez	ez.
	Ils » ent	Ils » ent	Ils reçoiv ent	Ils » ent	Ils vienn ent	ent,

5. IMPARFAIT DE L'INDICATIF.

	1re ER	2e IR	3e OIR	4e RE	venir	Récapitulation
	J' aim ais	Je finiss ais	Je recev ais	Je rend ais	Je ven ais	ais.
	Tu » ais	Tu » ais	Tu » ais	Tu » ais	Tu » ais	ais.
	Il » ait	Il » ait	Il » ait	Il » ait	Il » ait	ait.
	N° » ions	N° » ions	N° » ions	N° » ions	N° » ions	ions.
	V° » iez	V° » iez	V° » iez	V° » iez	V° » iez	iez.
	Ils » aient	Ils » aient	Ils » aient	Ils » aient	Ils » aient	aient.

6. PASSÉ DÉFINI (2).

	1re ER	2e IR	3e OIR	4e RE	venir	Récapitulation
	J' aim ai	Je fin is	Je reç us	Je rend is	Je v ins	ai, is, us, ins.
	Tu » as	Tu » is	Tu » us	Tu » is	Tu » ins	as, is, us, ins.
	Il » a	Il » it	Il » ut	Il » it	Il » int	a, it, ut, int.
	N° » âmes	N° » îmes	N° » ûmes	N° » âmes	N° » înmes	âmes, îmes, ûmes, înmes.
	V° » âtes	V° » îtes	V° » ûtes	V° » âtes	V° » întes	âtes, îtes, ûtes, întes.
	Ils » èrent	Ils » irent	Ils » urent	Ils » irent	Ils » inrent	èrent, irent, urent, inrent.

(1) Les verbes de la langue française se divisent en quatre classes, quatre familles, désignées sous le nom de *conjugaisons*. — La première conjugaison a l'infinitif terminé en ER, comme *aimer, chanter*; la deuxième en IR, comme *finir, avertir*; la troisième en OIR, comme *recevoir, devoir*; la quatrième en RE, comme *rendre, mordre*. — La partie du verbe qui reste quand on a retranché l'indication de la conjugaison (*er, ir, oir* ou *re*), s'appelle le *radical*.

Un verbe se compose donc de *deux parties* : le *radical* qui reste généralement invariable, et la *terminaison* qui varie, ainsi que nous le montre le présent tableau.

(2) Remarquez que le *passé défini* a quatre terminaisons différentes, et que la *voyelle initiale* de la terminaison des *deux premières personnes du pluriel*, est surmontée d'un *accent circonflexe* (^)

MODÈLE DES QUATRE CONJUGAISONS.

1re ..... ER.	2e .... IR.	3e ..... OIR.	4e ..... RE.	Conjugaison particulière des verbes en... enir : *tenir, venir* et leurs composés. (16 verbes.)	Récapitulation des Terminaisons.

7. FUTUR (1).

1re ER	2e IR	3e OIR	4e RE	en...enir	Récapitulation
J' aimE rai	Je fini rai	Je recev rai	Je rend rai	Je viend rai	rai.
Tu »E ras	Tu » ras	Tu » ras	Tu » ras	Tu » ras	ras.
Il »E ra	Il » ra	Il » ra	Il » ra	Il » ra	ra.
N» »E rons	N» » rons	N» » rons	N» » rons	N» » rons	rons.
V» »E rez	V» » rez	V» » rez	V» » rez	V» » rez	rez.
Ils »E ront	Ils » ront	Ils » ront	Ils » ront	Ils » ront	ront.

8. CONDITIONNEL (1).

1re ER	2e IR	3e OIR	4e RE	en...enir	Récapitulation
J' aimE rais	Je fini rais	Je recev rais	Je rend rais	Je viend rais	rais.
Tu »E rais	Tu » rais	Tu » rais	Tu » rais	Tu » rais	rais.
Il »E rait	Il » rait	Il » rait	Il » rait	Il » rait	rait.
N» »E rions	N» » rions	N» » rions	N» » rions	N» » rions	rions.
V» »E riez	V» » riez	V» » riez	V» » riez	V» » riez	riez
Ils »E raient	Ils » raient	Ils » raient	Ils » raient	Ils » raient	raient.

9. IMPÉRATIF.

1re ER	2e IR	3e OIR	4e RE	en...enir	Récapitulation
» aim e	» fini s	» reçoi s	» rend s	» vien s	e, s.
» » ons	» finiss ons	» recev ons	» » ons	» ven ons	ons.
» » ez	» » ez	» » ez	» » ez	» » ez	ez.

10. SUBJONCTIF — PRÉSENT.

1re ER	2e IR	3e OIR	4e RE	en...enir	Récapitulation
Q. j' aim e	Q. je finiss e	Q. je reçoiv e	Q. je rend e	Q. je vienn e	e.
Q. tu » es	Q. tu » es	Q. tu » es	Q. tu » es	Q. tu » es	es
Q.'il » e	Q.'il » e	Q.'il » e	Q.'il » e	Q.'il » e	e.
Q. n» » ions	Q. n» » ions	Q. n» recev ions	Q. n» » ions	Q. n» ven ions	ions.
Q. v» » iez	Q. v» » iez	Q. v» » iez	Q. v» » iez	Q. v» » iez	iez.
Q.'ils » ent	Q.'ils » ent	Q.'ils reçoiv ent	Q.'ils » ent	Q.'ils » ent	ent.

11. IMPARFAIT DU SUBJONCTIF (2).

1re ER	2e IR	3e OIR	4e RE	en...enir	Récapitulation
Q. j' aim asse	Q. je fin isse	Q. je reç usse	Q. je rend isse	Q. je v insse	asse, isse, usse, insse.
Q. tu » asses	Q. tu » isses	Q. tu » usses	Q. tu » isses	Q. tu » insses	asses, isses, usses, insses.
Q.'il » ât	Q.'il » ît	Q.'il » ût	Q.'il » ît	Q.'il » înt	ât, ît, ût, înt.
Q. n» » assions	Q. n» » issions	Q. n» » ussions	Q. n» » issions	Q. n» » inssions	assions, issions, ussions, inssions.
Q. v» » assiez	Q. v» » issiez	Q. v» » ussiez	Q. v» » issiez	Q. v» » inssiez	assiez, issiez, ussiez, inssiez.
Q.'ils » assent	Q.'ils » issent	Q.'ils » ussent.	Q.'ils » issent	Q.'ils » inssent	assent, issent, ussent, inssent.

(1) Remarquez que le *futur* et le *conditionnel* n'ont chacun qu'une seule terminaison pour tous les verbes, et que l'*r* de cette terminaison n'est précédée d'un *e* que dans les verbes de la première conjugaison. (V. n° 86, page 55.)

(2) Remarquez que l'*imparfait du subjonctif*, comme le *passé défini*, a quatre terminaisons différentes, que la *voyelle initiale* de la terminaison de la *troisième personne du singulier* est surmontée d'un *accent circonflexe*, et qu'à l'exception de cette terminaison, toutes les autres ont *ss*.

RÉSUMÉ.

42. L'examen du tableau qui précède nous montre clairement que pour bien écrire les terminaisons d'un verbe,

Il faut en connaître :

1° La conjugaison... il y en a quatre.
2° Le temps........... il y en a onze (1).
3° La personne........ il y en a trois.
4° Le nombre........ il y en a deux.

DU SUJET.

43. Le *sujet* du verbe est le mot qui représente la personne ou la chose *qui fait l'action* ou *qui est dans l'état* que le verbe exprime.

On trouve le sujet du verbe en mettant *Qui est-ce qui* ou *qu'est-ce qui* avant le verbe.

Exemples :

JE *travaille.*　Qui est-ce qui travaille? — JE.
Le SOLEIL *luit.* Qu'est-ce qui luit?　　— *Le* SOLEIL.
JE, SOLEIL, *sont donc sujets de* TRAVAILLE, LUIT.

ACCORD DU VERBE AVEC SON SUJET.

44. Le verbe s'accorde en nombre et en personne avec son sujet.

Exemples :

J'ÉTUDIE *la géographie.*
TU ÉTUDIES *l'histoire.*
IL, HYPPOLITE, ÉTUDIE *l'arithmétique.*
Nous ÉTUDIONS, *vous* ÉTUDIEZ, *ils* ÉTUDIENT *la tactique.*

45. Si un verbe a plusieurs sujets singuliers, il se met au pluriel.

Exemples :

CÉSAR *et* POMPÉE ÉTAIENT *rivaux.*
Le TRAVAIL *et* l'ÉCONOMIE ASSURENT *l'aisance.*

---

(1) Voyez-les au tableau; ils sont numérotés.

46. Quand un verbe a plusieurs sujets de différentes personnes, il se met au pluriel et s'accorde avec la personne qui a la priorité ; la première a la priorité sur les deux autres, et la seconde sur la troisième.

Exemples :

VOUS, LUI *et* MOI AIMONS *l'étude.*
VOUS *et* LUI AIMEZ *le travail.*
Mon FRÈRE *et* MOI PARTIRONS *demain.*
Ta COUSINE *et* TOI IREZ *à la campagne.*

47. Tout verbe précédé de *qui* s'accorde en nombre et en personne avec le nom où le pronom qui précède QUI, et qu'on appelle son antécédent.

Ainsi, on dit et on écrit :

C'est MOI *qui* SUIS.	*C'est* MOI *qui* ENTENDS.
C'est TOI *qui* ES.	*C'est* TOI *qui* PARTIRAS.
C'est LUI (*Jules*) *qui* EST.	*C'est* LUI *qui a* JOUÉ.
C'est NOUS *qui* SOMMES.	*C'est* NOUS *qui* COMMANDONS.
C'est VOUS *qui* ÊTES.	*C'est* VOUS *qui* OBÉISSEZ.
C'est PAUL *et* ERNEST *qui sont.*	*Ce sont* EUX *qui* VEILLENT.

NOTA. Il y, a sur l'accord du verbe, d'autres règles qui ne doivent pas figurer ici. On les trouvera dans les grammaires.

VIIe LEÇON (1).

DISTINCTION DE L'INFINITIF.

48. PREMIER CAS. Toute *préposition* (*à, de, pour, sans,* etc.) veut à l'*infinitif* le verbe qui la suit.

---

(1) Cette leçon est comme le préliminaire obligé de la leçon suivante, qui traite de la lettre finale des verbes. En effet, il n'est pas rare de voir les personnes peu instruites confondre par exemple, l'infinitif *chanter* avec le participe *chanté,* et même avec *chantez, chantais, chantaient.* Ils confondent également *finir* avec *finirent, fini* avec *finis, finit,* etc. Il importe donc de faire disparaître d'abord cette confusion, source de nombreuses fautes.

Exemples :

Je viens DE CHANTER.
Je cours POUR *m'*ÉCHAUFFER.
Jules aime A ÉTUDIER.
Il partira SANS *vous* PARLER.
Ne parlez pas SANS RÉFLÉCHIR.

49. DEUXIÈME CAS. Lorsque *deux verbes se suivent*, le second se met à l'*infinitif*, pour exprimer une action *présente* ou *future* par rapport au premier.

Exemples :

Nous AVONS VU ARRIVER *les blessés.*
Je VIENS PARTAGER *vos fatigues.*
Nous IRONS *vous* CHERCHER.

50. CAS GÉNÉRAL. Tout verbe que le sens de la phrase permet de faire précéder des mots « *faire l'action de* », est à l'*infinitif*.

Exemples :

PARLER *sans* PENSER, *c'est* TIRER *sans* VISER.

On peut dire :

Faire l'action de PARLER SANS *faire l'action de* PENSER, C'EST *faire l'action de* TIRER SANS *faire l'action de* VISER.

DISTINCTION DU PARTICIPE PASSÉ.

51. PREMIER CAS. Le verbe *avoir* veut toujours au *participe passé* le verbe qui le suit.

Exemples :

AS-*tu* RETROUVÉ *ce que tu* AVAIS PERDU.
NAPOLÉON *a* GAGNÉ *presque toutes les batailles qu'il a* LIVRÉES.

52. DEUXIÈME CAS. Le verbe *être* veut au *participe passé* le verbe qui le suit, excepté (ce qui arrive rarement) lorsque celui-ci a le sens de « *faire l'action de* » (Voy. n° 50).

Exemples :

Nous SOMMES FATIGUÉS.
J'ÉTAIS *souvent* CONTRARIÉ.
Vous SEREZ COURONNÉS *au concours.*

Mais on mettrait à l'infinitif :

Combattre ses passions, *c'est* TRAVAILLER *à son bonheur*
(....., C'EST « *faire l'action de* » TRAVAILLER...).

53. TROISIÈME cas. Tout verbe employé *sans auxiliaire* est au *participe passé* quand il exprime la *manière d'être* et non *l'action* du sujet.

Exemples :

L'eau éteint les CORPS EMBRASÉS.
HABITUÉS *au feu, nos* GÉNÉRAUX *sont intrépides.*

Il s'agit ici de l'état et non de l'action des corps et des généraux.

Il n'en serait pas ainsi dans

Les BOMBES EMBRASAIENT *les maisons.*
Nos GÉNÉRAUX HABITUAIENT *leurs soldats au feu.*

Ainsi que dans

Feu sacré! EMBRASEZ *nos cœurs.*
HABITUEZ-*vous aux privations.*

DISTINCTION DES INFINITIFS EN *ir* DE CEUX EN *ire.*

54. Les infinitifs en *ir*, sans *e*, sont ceux dont le *participe présent* n'est terminé ni en *ivant* ni en *isant.*

Exemples :

adou*cir*, part. présent adou*cissant.*
affran*chir*, — affran*chissant.*
applau*dir*, — applau*dissant.*
apla*nir*, — apla*nissant.*
apla*tir*, — apla*tissant.*
mou*rir*, — mou*rant.*
souve*nir*, — souve*nant.*
fu*ir*, — fu*yant.*
et environ quatre cents autres.

EXCEPTÉ

Bruire, frire, maudire, rire et sourire.

55. Les infinitifs en *ire*, avec *e*, sont *bruire, frire, maudire, rire, sourire*, et tous ceux dont le *participe présent* est en *ivant* ou en *isant*.

Exemples :

circoncire,	part. prés.	circoncisant.
confire,	—	confisant (1).
construire,	—	construisant (2).
cuire,	—	cuisant (3).
conduire,	—	conduisant (4).
dire,	—	disant (5).
lire,	—	lisant (6).
nuire,	—	nuisant.
suffire,	—	suffisant.
écrire,	—	écrivant (7).

DISTINCTION DES INFINITIFS EN *oir* DE CEUX EN *oire*.

56. Excepté *croire, boire*, et leurs composés (8), les infinitifs du son *oir* se terminent sans *e*.

Exemples :

apercevoir,	devoir,	pouvoir,	valoir,
avoir,	entrevoir,	recevoir,	voir,
asseoir,	falloir,	revoir,	vouloir,
décevoir,	pleuvoir,	savoir,	concevoir, etc.

---

(1) Déconfire.

(2) Détruire, s'entredétruire, instruire.

(3) Décuire, recuire.

(4) Déduire, éconduire, enduire, induire, introduire, produire, reconduire, réduire, reproduire, séduire, traduire. (Les verbes en *duire* sont donc de la quatrième conjugaison.)

(5) Contredire, dédire, interdire, redire.

(6) Élire, prédire, réélire.

(7) Circonscrire, décrire, inscrire, prescrire, proscrire, récrire, souscrire, transcrire. (Les verbes en *crire* sont donc de la quatrième conjugaison.)

(8) S'emboire, accroire, décroire, mécroire.

VIIIe LEÇON.

ORTHOGRAPHE DE LA LETTRE FINALE DES VERBES.

PREMIÈRE PERSONNE DU SINGULIER.

Elle se termine toujours par *e*, *ai*, *s* ou *x*.

57. La première personne du singulier se termine par *e* :

1° Au *présent de l'indicatif* de la première conjugaison, et de quelques verbes de la *seconde*.

Exemples :

J'aim*e*,	Je souffl*e*,
Je pli*e*,	J'ouvr*e*,
Je jou*e*,	J'assaill*e*,
Je remu*e*.	Je cueill*e*.

EXCEPTÉ :

Je *vais*, du verbe *aller*.

2° Au *présent* et à l'*imparfait* du *subjonctif* de tous les verbes.

Exemples :

SUBJONCTIF PRÉSENT :	IMPARFAIT DU SUBJONCTIF :
Que je chant*e*,	Que je chantass*e*,
Que je chériss*e*,	Que je chériss*e*,
Que je reçoiv*e*,	Que je reçuss*e*,
Que je rend*e*.	Que je rendiss*e*.

EXCEPTÉ ;

Que je *sois* (d'être).

58. La première personne du singulier se termine par *ai* :

Au *passé défini* de la première conjugaison, et au *futur* de tous les verbes.

Exemples :

PASSÉ DÉFINI :	FUTUR :
J'aim*ai*,	J'aime*rai*,
Je donn*ai*,	Je fini*rai*,
Je chant*ai*,	Je recev*rai*.
Je remu*ai*.	Je rend*rai*.

Avoir fait : J'*ai*.

59. La première personne du singulier se termine par *s :*

1° Au *présent de l'indicatif* et au *passé défini* des trois dernières conjugaisons.

Exemples :

INDICATIF PRÉSENT :	PASSÉ DÉFINI :
Je fini*s*,	Je fini*s*,
Je reçoi*s*,	Je reçu*s*,
Je rend*s*,	Je rendi*s*,
Je vien*s*.	Je vin*s*.

EXCEPTÉ :

Voy. n°ˢ 57 et 60, plus j'*ai*.

2° A *l'imparfait de l'indicatif* et au *conditionnel* de tous les verbes.

Exemples :

IMPARFAIT DE L'INDICATIF :	CONDITIONNEL :
Je chantai*s*,	Je chanterai*s*,
Je finissai*s*,	Je finirai*s*,
Je recevai*s*,	Je recevrai*s*,
Je rendai*s*.	Je rendrai*s*.

60. La première personne du singulier se termine par *x :*

Au *présent de l'indicatif* des verbes ,

Je peu*x*,	Je vau*x*,
Je veu*x*,	Je me prévau*x*.

DEUXIÈME PERSONNE DU SINGULIER.

61. La deuxième personne du singulier se termine généralement par *s*.

Exemples :

Tu aime*s*,	Tu aimera*s*,
Tu fini*s*,	Tu finira*s*,
Tu reçoi*s*,	Tu recevra*s*,
Tu rend*s*,	Tu rendra*s*,
Tu vien*s*,	Tu viendra*s*.

EXCEPTÉ :

1° A l'impératif de la *première conjugaison*, et dans les deux impératifs *aie*, *sache*, qu'on écrit sans *s*.

Exemples :

PRÉFÈRE *l'utile à l'agréable.*
EMPLOIE *bien ton temps.*
VA *à l'école avec goût.*
SACHE *gouverner ta langue* (1).

On écrit également sans *s* :

CUEILLE *des lauriers.*
OUVRE *cette porte.*
SOUFFRE *patiemment*, etc.

2° Tu *peux*, tu *veux*, tu *vaux*, tu te *prévaux* (2).

TROISIÈME PERSONNE DU SINGULIER.

Elle se termine toujours par une des lettres du mot *cadet.*

62. La troisième personne du singulier se termine par un *c*, dans

il *vainc*, il *convainc* (de vaincre, convaincre).

63. La troisième personne du singulier se termine par *a*, au *passé défini* de la première conjugaison, et au *futur* de tous les verbes.

---

(1) Cependant, ces impératifs prennent une *s* quand ils sont suivis des pronoms *en* ou *y* :

Voilà des cerises. MANGES-EN.
Le bal est ouvert, VAS-Y.

La prononciation indique quand il faut l's.
(2) Prenez pour guide que la deuxième personne du singulier de l'impératif est semblable à la première du singulier de l'indicatif.

Exemples :

PASSÉ DÉFINI :	FUTUR :
Il chant*a*,	Il chanter*a*,
Il dans*a*,	Il réfléchir*a*,
Il travaill*a*,	Il recevr*a*,
Il tripot*a*.	Il conclur*a*.

Ajoutons : il *a*; il *va*, il s'en *va*.

64. La troisième personne du singulier se termine par *d*,
au *présent de l'indicatif* des verbes en *dre*, non terminés
par *indre* ou par *soudre*.

Exemples :

Ren*dre* :	Il ren*d*.
Per*dre* :	Il per*d*.
Fon*dre* :	Il fon*d*.
Mor*dre* :	Il mor*d*.
Mou*dre* :	Il mou*d*.

Ajoutons : il *sied*, il s'*assied* (de seoir, asseoir).

65. La troisième personne du singulier se termine par *e*,
au *présent de l'indicatif* de la première conjugaison et au
présent du subjonctif de tous les verbes.

Exemples :

INDICATIF PRÉSENT :	SUBJONCTIF PRÉSENT :
Il aim*e*,	Qu'il chant*e*,
Il donn*e*,	Qu'il réfléchiss*e*,
Il fouill*e*,	Qu'il perçoiv*e*,
Il attrap*e*.	Qu'il conclu*e*.

EXCEPTÉ :

Qu'il *ait*, qu'il *soit* (d'avoir et d'être).

66. La troisième personne du singulier se termine par *t*,
au *présent de l'indicatif* et au *passé défini* des trois dernières conjugaisons.

Exemples :

INDICATIF PRÉSENT :	PASSÉ DÉFINI :
Il fini*t*,	Il fini*t*,
Il conçoi*t*,	Il conçu*t*,
Il romp*t*,	Il rompi*t*,
Il crain*t*,	Il craigni*t*,
Il résou*t*,	Il résolu*t*.

EXCEPTÉ :

1° A l'indicatif présent des verbes en *dre* non terminés par *indre* ou par *soudre*. (Voy n° 64.)

2° Je *cueille*, je *souffre*, j'*ouvre*, etc.

67. La troisième personne du singulier se termine encore par *t*, à l'*imparfait de l'indicatif*, au *conditionnel*, et à l'*imparfait du subjonctif* de tous les verbes.

Exemples :

IMPARF. DE L'INDIC. :	CONDITIONNEL :	IMPARF. DU SUBJ. :
Il aimai*t*,	Il aimerai*t*,	Qu'il aimâ*t*,
Il finissai*t*,	Il finirai*t*,	Qu'il finî*t*,
Il recevai*t*,	Il recevrai*t*,	Qu'il reçû*t*,
Il rendai*t*,	Il rendrai*t*.	Qu'il rendî*t*.

PREMIÈRE PERSONNE PLURIELLE.

68. La première personne plurielle se termine toujours par *s* (*ons* ou *mes*)..

Exemples :

Nous aim*ons*,	Nous aimâ*mes*,
Nous finiss*ions*,	Nous finî*mes*,
Nous recev*rons*,	Nous reçû*mes*,
Nous rend*rions*,	Nous rendî*mes*,
Nous ven*ions*,	Nous vînm*es*.

DEUXIÈME PERSONNE PLURIELLE.

69. La deuxième personne plurielle se termine toujours par *s* ou *z* (*tes* ou *ez*).

Exemples :

Vous di*tes*,	Vous chant*ez*,
Vous fai*tes*,	Vous fini*riez*,
Vous fî*tes*,	Vous recevri*ez*,
Vous crû*tes*,	Vous rendi*ez*,
Vous vîn*tes*,	Vous veni*ez*.

TROISIÈME PERSONNE PLURIELLE.

70. La troisième personne plurielle se termine toujours par *nt* (*ent* ou *ont*).

Exemples :

Ils chant*ent*,	Ils *ont*,
Ils finissai*ent*,	Ils f*ont*,
Ils recevrai*ent*,	Ils chanter*ont*,
Ils rendrai*ent*,	Ils rendr*ont*,
Ils vienn*ent*,	Ils viendr*ont*.

REMARQUES IMPORTANTES.

71. On confond souvent le *présent de l'indicatif* avec le *présent du subjonctif*.

Exemples :

INDICATIF PRÉSENT.	PRÉSENT DU SUBJONCTIF.
J'ACQUIERS *de l'embonpoint.*	*Il faut que* J'ACQUIÈRE *de l'embonpoint.*
Tu CONCLUS *trop vite.*	*Il faut que tu* CONCLUES *au plus vite.*
*On ne l'*EXCLUT *pas de la société.*	*Il serait à désirer qu'on ne l'*EXCLUE *pas de la société.*
Nous ATTEIGNONS *présentement le but de nos efforts.*	*Il serait à désirer que nous* ATTEIGNIONS *le but de nos efforts.*
Vous CRAIGNEZ *sans cesse de vous tromper.*	*Je désire que vous ne* CRAIGNIEZ *pas ainsi de vous tromper.*

Cela posé,

Si l'on exprime d'une manière positive que le fait *a lieu*

ou *n'a pas lieu* à l'instant où l'on parle, c'est l'*indicatif présent ;* dans le cas contraire, c'est *le subjonctif.*

Ainsi,

Dans la première colonne, il est positif que j'*acquiers*, que tu *conclus*, qu'on ne l'*exclut* pas, que nous *atteignons*, que vous *craignez ;* mais dans la seconde, examinez bien, et vous verrez qu'il n'en est pas ainsi.

72. On confond souvent la troisième personne du singulier du *passé défini* avec celle de l'*imparfait du subjonctif.*

Exemples :

PASSÉ DÉFINI.	IMPARFAIT DU SUBJONCTIF.
Paul MANGEA *et* BUT *à sa vo-lonté.*	*Il faudrait que Paul* MANGEÂT *et* BÛT *à sa volonté.*
Paul ne MANGEA *ni ne* BUT *à sa volonté.*	*Je désirerais que Paul ne* MANGEÂT *ni ne* BÛT *à sa volonté.*

Cela posé,

Si l'on exprime d'une manière positive que le fait *a eu lieu* ou *n'a pas eu lieu*, c'est le *passé défini ;* dans le cas contraire, c'est l'*imparfait du subjonctif.*

Ainsi,

Dans la première colonne, il est positif (1ᵉʳ exemple) que Paul *a mangé et bu*, et (2ᵉ exemple) qu'il *n'a ni mangé ni bu* à sa volonté.

Mais en est-il ainsi dans la deuxième colonne? L'examen fera bien vite juger du contraire.

73. On confond souvent la première personne du singulier du *futur* avec celle du *conditionnel*, surtout lorsque le mot *si* est exprimé dans la phrase.

Exemples :

FUTUR.	CONDITIONNEL.
SI *vous ne* VENEZ *pas, j'*IRAI *vous voir.*	SI *vous ne* VENIEZ *pas, j'*IRAIS *vous voir.*
SI *je* DEVIENS *riche, je* FERAI *des heureux.*	SI *je* DEVENAIS *riche, je* FERAIS *des heureux.*

Cela posé,

Le *futur* exprime un fait qui se *réalisera* ou qui *pourra se réaliser*.

Le *conditionnel*, au contraire, exprime un fait dépendant d'une condition à l'exécution de laquelle *on ne s'attend point*.

Exemples concluants :

Deux hommes consultés s'ils monteront la garde le lende-main, répondent,

l'un :	l'autre :
Je la MONTERAI SI *je ne* SUIS *pas malade.*	*Je la* MONTERAIS SI *je n'é-*TAIS *pas malade.*

N'est-il pas évident que le premier fait supposer qu'il pourra la monter, tandis que le second donne à entendre qu'il ne faut pas compter sur lui.

REMARQUE. Le *futur* est en rapport avec le *présent de l'indicatif*, et le *conditionnel* avec l'*imparfait*.

74. Le mot *on* veut toujours à la troisième personne du singulier le verbe qu'il accompagne.

Exemples :

ON *les* CHERCHE.	ON *les* BOULEVERSERAIT.
ON *les* CONTIENDRAIT.	*Il faut qu'*ON *les* REMUE.
ON *les* ATTENDAIT.	*Je désire qu'*ON *les* ARRÊTE.

Nous voyons très-souvent mal écrire les verbes de phrases semblables : c'est une faute qu'entraîne le pronom *les* (Voy. le numéro suivant).

75. Le mot *les* n'a jamais d'influence sur le verbe qu'il accompagne.

Exemples :

Il faut les CRAINDRE, *les* DÉTESTER *et les* FUIR (les méchants).
Il les ASSIÉGE, *les* PREND *et les* DÉTRUIT (les ennemis).
Napoléon les SURPREND *et les* VAINC *avec une promptitude inconnue jusque-là.*

Tous les verbes de ces phrases étant, les uns à l'*infinitif*, les autres à la *troisième personne du singulier*, il faut se bien garder de les terminer par *s*, puisque l'infinitif et la troisième personne du singulier ne prennent jamais *s*.

NOTA. Relisez l'*Avis important*, page 22.

IXᵉ LEÇON.

ORTHOGRAPHE PARTICULIÈRE A CERTAINS VERBES.

Verbes en *cer*.

76. Dans les verbes en *cer*, comme *balancer*, *prononcer*, le *c* prend une *cédille* (ç) devant *a, o*.

Exemples :

Je balançais,

Il balança,

Nous balançons,

Je prononçais,

Il prononça,

Nous prononçons.

Ainsi s'écrivent :

agacer,   *avancer*,   *menacer*,

amorcer,   *bercer*,   *ordonnancer*,

annoncer,   *cadencer*,   *dépécer*, etc., etc.

Verbes en *ger*.

77. Dans les verbes en *ger*, comme *ménager*, *partager*, le *g* est suivi d'un *e* devant *a, o*.

Exemples :

Il ménagea,

Nous ménageâmes,

Nous ménageons,

Il partagea,

Nous partageâmes,

Nous partageons.

Ainsi s'écrivent :

abroger,   *changer*,   *louanger*,

affliger,   *corriger*,   *neiger*,

avantager,   *émarger*,   *outrager*,

bouger,   *exiger*,   *venger*, etc.

Verbes en *eler*, *eter*.

78. Les verbes en *eler*, *eter*, comme *appeler*, *jeter*, prennent *ll* ou *tt* devant un *e* muet.

On écrira donc avec *ll* ou *tt* :

J'appe*ll*e,	Je je*tt*e,
J'appe*ll*erai.	Je je*tt*erai.

Et avec une *l* ou un *t* :

Nous appe*l*ons,	Nous je*t*ons,
Vous appe*l*ez,	Vous je*t*ez,
Vous appe*l*iez,	Vous je*t*iez,
Il appe*l*a.	Il je*t*a.

Ainsi s'écrivent :

chanceler,	*morceler*,	*empaqueter*,
renouveler,	*projeter*,	*feuilleter*,
étinceler,	*fureter*,	*souffleter*,
ruisseler,	*cacheter*,	*atteler*, etc., etc.

EXCEPTÉ :

Bourreler, geler, harceler, marteler, modeler, peler. — Acheter, étiqueter, becqueter, décolleter, qu'on écrit avec l'*accent grave* :

Je harcèle,	J'achète,
Il martèlera,	Il étiquètera,
Il modèlerait.	Il becquèterait.

Verbes en *eller*, *etter*.

79. Les verbes en *eller*, *etter*, comme *exceller*, *regretter*, conservent les *ll* ou les *tt* dans toute la conjugaison.

Exemples :

Nous exce*ll*ons,	Nous regre*tt*ons,
Vous exce*ll*âtes.	Vous regre*tt*âtes.

Ainsi s'écrivent :

quereller,	*guetter*,	*émietter*,
interpeller,	*seller* (un cheval),	*fouetter*,
flageller,	*brouetter*,	*s'endetter*, etc.

Verbes en *éler*, *éter*.

80. Les verbes en *éler*, *éter* (avec l'accent aigu sur l'*é*)
comme *révéler*, *compléter*, changent l'accent aigu en accent
grave, lorsque, dans la syllabe suivante, il y a un *e* muet;
mais ils ne doublent ni *l* ni *t*.

Exemples :

Je révèle,	Je complète,
Je révèlerai.	Je complèterai.

Ainsi s'écrivent :

céler,	*végéter,*	*empiéter,*
décéler,	*inquiéter,*	*décréter,*
recéler,	*répéter,*	*refléter,* etc.

Verbes en *éler*, *éter*.

81. Les verbes en *éler*, *êter* (avec un accent circonflexe
su l'*ê*), comme *mêler*, *fêter*, conservent l'accent circonflexe
dans toute la conjugaison, et ne doublent ni *l* ni *t*.

Exemples :

Je mêle,	Je fête,
Je mêlerai,	Je fêterai.

Ainsi s'écrivent :

démêler,	*grêler,*	*quêter,*
bêler,	*fêler,*	*arrêter,*
entremêler,	*prêter,*	*apprêter,* etc.

Verbes en *yer*.

82. Dans les verbes terminés à l'infinitif par *yer*, comme
coudoyer, *appuyer*, on change l'*y* en *i* devant *e* muet.

Exemples :

Je coudoie,	J'appuie,
Je coudoierai.	J'appuierai.

Ainsi s'écrivent :

aboyer,	*choyer,*	*tutoyer,*
apitoyer,	*côtoyer,*	*désennuyer,*
atermoyer,	*foudroyer,*	*ennuyer,* etc.

83. Cependant, si le verbe est terminé par *ayer*, avec *a*, comme *payer*, *effrayer*, il est d'usage, à cause de la prononciation, de conserver l'*y* dans toute la conjugaison.

Exemples :

Je paye,	J'effraye,
Je payerai,	J'effrayerai.

Ainsi s'écrivent :

balayer,	*déblayer*,	*enrayer*,
bayer,	*délayer*,	*monnayer*,
bégayer,	*essayer*,	*relayer*, etc.

Le verbe *grasseyer* suit la même orthographe : je *grasseye*, je *grasseyerai*.

Verbes dont le *participe présent* est en *iant* ou *yant*.

84. Les verbes dont le participe présent est terminé par *iant* ou *yant*, comme *riant*, *payant*, *croyant*, prennent *ii* ou *yi* aux deux premières personnes du pluriel de l'*imparfait de l'indicatif* et du *présent du subjonctif*.

Exemples :

IMPARFAIT. Hier :

Nous riions,	Nous payions,	Nous croyions,
Vous riiez,	Vous payiez,	Vous croyiez.

SUBJONCTIF PRÉSENT. Il faut, il faudra :

Que nous riions,	Que nous payions,	Que nous croyions,
Que vous riiez,	Que vous payiez,	Que vous croyiez.

Ainsi s'écrivent :

allier,	*réconcilier*,	*relayer*,
apprécier,	*humilier*,	*ployer*,
crier,	*balayer*,	*appuyer*,
envier,	*enrayer*,	*fuir*, etc., etc.

NOTA. On ne met pas d'*i* après l'*y* dans *ayons*, *ayez* ; que nous *ayons*, que vous *ayez* (d'Avoir). *Soyons*, *soyez* ; que nous *soyons*, que vous *soyez* (d'Être). C'est une faute qu'on commet fréquemment.

Verbes en *éer*.

85. Les verbes terminés à l'infinitif par *éer*, comme *agréer*, *créer*, ont *ée* de suite dans toute la conjugaison, excepté devant *a, o, i*.

On écrit donc avec *ée* :

J'agrée.	Je crée,
J'agréerai,	Je créerai.

et avec un *e* :

Nous agréâmes,	Nous créâmes,
Nous agréons,	Nous créons.
Nous agréions,	Nous créions.

Ainsi s'écrivent :

gréer,	*maugréer*,	*récréer*,
dégréer,	*recréer*,	*suppléer*, etc.

NOTA. Le participe passé féminin a *ée* : *Cette charge fut* CRÉÉE *par l'Empereur.*

Futur et conditionnel de la 1re *conjugaison.*

86. Les verbes de la première conjugaison ont tous un *e* avant *r* au *futur* et au *conditionnel*, ce qui n'a pas lieu pour les autres verbes.

On écrit donc

avec *e* avant *r* :

	et sans *e* :
Je LIERAI *ce paquet,*	*Je* LIRAI *cette histoire,*
Tu me CONFIERAS *ce secret,*	*Tu* CONFIRAS *ces fruits,*
Il LOUERAIT *ce tableau,*	*Il* CONCLURAIT *ce marché.*
Nous DÉJOUERIONS *leur malice.*	*Nous* EXCLURIONS *cet homme.*

On évitera donc de dire et d'écrire :

*Je vend*E*rai, je rend*E*rai, je recev*E*rai,* ces verbes n'étant pas de la 1re conjugaison.

NOTA. On écrit cependant avec *e* : *je cueill*E*rai, je recueill*E*rai,* et sans *e*, *j'irai.*

Bénit, bénite ; béni, bénie.

87. Le verbe *bénir* a deux participes passés : *bénit, béni ;* le premier signifie *consacré par une cérémonie religieuse,* et le second à toutes les autres significations du verbe.

Exemples :

Les drapeaux BÉNITS *par les prêtres ne sont pas toujours* BÉNIS *de Dieu.*

Les enseignes BÉNITES *par les prêtres ne sont pas toujours* BÉNIES *de Dieu.*

Verbe *haïr.*

88. Le verbe *haïr* prend un tréma sur l'*i* dans toute sa conjugaison, excepté au singulier de *l'indicatif présent* et de *l'impératif :*

Je hais , tu hais , il hait, — hais.

89. Les verbes *mentir, partir, sortir, sentir,* se *repentir* et leurs composés perdent le *t* aux deux premières personnes du singulier de *l'indicatif* et à la deuxième de *l'impératif.*

Exemples :

MENTIR,	Je mens,	Tu mens,	» mens.
PARTIR,	Je pars,	Tu pars,	» pars.
SORTIR,	Je sors,	Tu sors,	» sors.
SENTIR,	Je sens.	Tu sens,	» sens.
REPENTIR (se),	Je me repens,	Tu te repens,	» repens-toi.

Ainsi s'écrivent :

démentir,	*répartir,*	*ressortir,*	*consentir,*
départir,	*repartir,*	*ressentir,*	*pressentir.*

Verbes en *indre* et en *soudre.*

90. Les verbes en *indre* et en *soudre* perdent le *d* au singulier de *l'indicatif présent* et de *l'impératif.* La troisième du singulier de l'indicatif prend un *t.*

Exemples :

CRAINDRE.	PEINDRE.	ABSOUDRE.	RÉSOUDRE.
Je crains,	Je peins,	J'absous,	Je résous,
Tu crains,	Tu peins,	Tu absous,	Tu résous,
Il crain*t*,	Il pein*t*,	Il absou*t*,	Il résou*t*,
» crains.	» peins.	» absous.	» résous.

Ainsi s'écrivent :

contraindre,	*enfreindre*,	*reteindre*,	*rejoindre*,
plaindre,	*peindre*,	*joindre*,	*soudre*,
astreindre,	*teindre*,	*adjoindre*,	*absoudre*,
atteindre,	*feindre*,	*enjoindre*,	*résoudre*,etc.

Verbes en *attre* et en *ettre*.

91. Les verbes *battre* et *mettre*, ainsi que leurs compo-sés, perdent un *t* au singulier de *l'indicatif présent* et de *l'impératif*.

Exemples :

BATTRE.	COMBATTRE.	METTRE.	PERMETTRE.
Je bats,	Je combats,	Je mets,	Je permets,
Tu bats,	Tu combats,	Tu mets,	Tu permets,
Il bat,	Il combat,	Il met,	Il permet,
» bats.	» combats.	» mets.	» permets.

Ainsi s'écrivent :

abattre,	*s'ébattre*,	*admettre*,	*omettre*,
débattre,	*rebattre*,	*commettre*,	*soumettre*,etc.

Verbes en *attre* et en *oître*.

92. Les verbes en *aître* et en *oître* perdent le *t* aux deux premières personnes du singulier du *présent de l'indicatif* et à la deuxième du singulier de *l'impératif*.

Exemples :

CONNAÎTRE,	Je connais,	Tu connais,	» connais.
CROÎTRE ,	Je croîs,	Tu croîs,	» croîs.

Ainsi s'écrivent :

méconnaître,	*naître,*	*apparaître,*	*accroître,*
reconnaître,	*paraître,*	*paître,*	*décroître,* etc.

De plus, ces verbes conservent l'accent circonflexe sur l'*i* (*î*) du radical, toutes les fois qu'il est suivi du *t* :

Il connaît, il croîtra.

93. Liste des verbes qui prennent *rr* au *futur* et au *conditionnel,* quoiqu'ils n'en aient qu'une au radical.

INFINITIF.	FUTUR.	CONDITIONNEL.
ENVOYER,	J'enve*rr*ai,	J'enve*rr*ais.
ACQUÉRIR,	J'acque*rr*ai,	J'acque*rr*ais.
COURIR,	Je cou*rr*ai.	Je cou*rr*ais.
MOURIR,	Je mou*rr*ai,	Je mou*rr*ais.
VOIR,	Je ve*rr*ai,	Je ve*rr*ais.
POUVOIR,	Je pou*rr*ai,	Je pou*rr*ais.
ECHOIR,	J'éche*rr*ai,	J'éche*rr*ais.
DÉCHOIR,	Je déche*rr*ai,	Je déche*rr*ais.
	et leurs composés.	

X° LEÇON.

DU PARTICIPE PASSÉ (1).

94. RÈGLE GÉNÉRALE. Le *participe passé* s'accorde en *genre* et en *nombre* avec le mot auquel il se rapporte, lorsqu'*il en est précédé;* mais il reste invariable lorsqu'*il en est suivi* ou qu'*il n'est pas exprimé.*

Pour reconnaître le mot auquel le participe se rapporte,

Il faut LIRE ATTENTIVEMENT *la phrase qui le renferme, et le faire* PRÉCÉDER IMMÉDIATEMENT *de la question* QUI EST-CE QUI? *OU* QU'EST-CE QUI? *avec un des temps du verbe* ÊTRE.

---

(1) Nous ne parlons pas du *participe présent*, parce que l'application des règles qui le concernent présente des difficultés qui ne sauraient être surmontées qu'en se pénétrant bien du sens de la phrase. (Voir un traité de participes ou une grammaire un peu étendue.)

EXEMPLES :	RAISONNEMENT :
Nous avons *obtenu* la *permission* que nous avons *demandée*.	1° Qu'est-ce qui a été *obtenu?* — C'est *la permission :* placé *après* le participe, *invariable.* 2° Qu'est-ce qui a été demandé? — C'est *la permission :* placé *avant* le participe, *accord :* au fém. sing.
Cette demoiselle a toujours *surmonté* les *difficultés* qu'elle a *rencontrées*.	1° Qu'est-ce qui a été *surmonté?* — Ce sont *les difficultés :* placé *après* le participe, *invariable.* 2° Qu'est-ce qui a été *rencontré?* — Ce sont *les difficultés :* placé *avant* le participe, *accord :* au fém. et au plur.
Combien de victoires ont *immortalisé* nos *armées.*	Qu'est-ce qui a été *immortalisé?* — Ce sont *nos armées :* placé *après* le participe, *invariable.*
Ils se sont *écharpés.*	Qui est-ce qui a été *écharpé?* — Ce sont *eux (ils) :* placé *avant* le participe, *accord :* au masc. plur.
Ils se sont *proposé* une *difficulté.*	Qu'est-ce qui a été *proposé?* — C'est *une difficulté :* placé *après* le participe, *invariable.*
Ils ont *abusé* de leur autorité.	Qu'est-ce qui a été *abusé?* — *On n'en sait rien :* abusé reste donc *invariable.*
Sa légèreté a *nui* à son avancement.	Qu'est-ce qui a été *nui?* — *On n'en sait rien;* d'ailleurs une chose ne peut pas être *nuie :* ce participe reste donc *invariable.*

NOTA. Cette règle ne souffre pas une seule exception pour le participe accompagné du verbe *avoir.* Quant au participe passé employé *sans auxiliaire,* ou avec le *verbe être,* il n'y a d'exceptions que lorsqu'il y a *inversion* dans la phrase.

Exemples :

Éveillés dès l'aurore, *les oiseaux* chantent le lever du soleil.	C'est-à-dire, *les oiseaux* étant *éveillés* dès l'aurore, chantent le lever du soleil.

De quelle horreur n'avons-nous pas été saisis en voyant les cachots où étaient *renfermés* nos meilleurs *amis*.	C'est-à-dire, de quelle horreur n'avons-nous pas été saisis en voyant les cachots où *nos meilleurs amis* étaient *renfermés*.

PARTICIPE SUIVI D'UN INFINITIF (1).

95. Le *participe passé* suivi d'un *infinitif* se plie comme les autres à la règle générale.

Si on lit attentivement la phrase pour en bien pénétrer le sens, et qu'on fasse convenablement la question, on se trompera rarement.

D'ailleurs, voici un moyen infaillible de vérification :

Il faut que le mot avec lequel on fait accorder le participe, FASSE L'ACTION *exprimée par l'infinitif.*

EXEMPLES :	RAISONNEMENT :
Mademoiselle, je vous ai *entendue* chanter.	Qui est-ce qui a été *entendu?* — C'est *la demoiselle :* placé *avant* le participe, *accord :* au fém. sing. D'ailleurs, c'est bien la demoiselle *qui faisait l'action* de chanter.
Ces couplets, je les ai *entendu chanter*.	Qu'est-ce qui a été *entendu?* — C'est *chanter :* placé *après* le participe, *invariable.* D'ailleurs, on ne pourrait pas faire accorder avec *couplets,* puisque les couplets *ne pouvaient pas faire l'action* de chanter.
Que de mauvais *acteurs* nous avons *vus* jouer.	Qui est-ce qui a été *vu?* — Ce sont les mauvais *acteurs :* placé *avant* le participe, *accord :* au masc. plur. D'ailleurs, c'étaient *les acteurs qui faisaient l'action* de jouer.

---

(1) Le participe *fait*, suivi d'un infinitif est toujours invariable : Nous les avons *fait* descendre.

Que de mauvaises pièces nous avons *vu jouer*.	Qu'est-ce qui a été *vu ?* — C'est *jouer :* placé *après* le participe, *invariable.* D'ailleurs, on ne pourrait pas faire accorder avec *pièces,* puisque les pièces *ne pouvaient pas faire l'action* de jouer.

NOTA. Voilà le procédé que nous employons depuis longtemps, d'après l'avis d'un habile praticien, M. TIENGOU. Les résultats remarquables que nous en avons obtenus, nous engagent à en recommander chaleureusement la pratique.

ATTENDU, EXCEPTÉ, OUÏ, PASSÉ, etc.

96. Les participes *attendu, excepté, ouï, passés, vu, y compris, non compris,* sont invariables quand ils précèdent le substantif.

Exemples :

ATTENDU *les événements, nous cesserons toute correspondance.*
J'aime les hommes, EXCEPTÉ *les méchants.*
OUÏ *les conclusions du commissaire impérial.*
PASSÉ *cette époque, les registres seront clos.*
VU *les arrêts énoncés par la cour.*
Y COMPRIS *cette somme,* NON COMPRIS *celle-là.*

On écrit également avec invariabilité :

COLLATIONNÉ *la présente expédition.*
APPROUVÉ *l'écriture ci-dessus.*

Mais placés après leur substantif, tous ces participes varient.

PARTICIPES PASSÉS TOUJOURS INVARIABLES.

97. Parmi les participes passés, il en est qui sont toujours invariables.

Voici la liste des plus usités (1) :

abondé,	badiné,	clabaudé,	*déplu* (2),
accédé,	bronché,	coopéré,	dîné,
agi,	cadré,	daigné,	dormi,

---

(1) Aucun de ces participes ne peut se joindre au verbe *être*.
(2) Nous mettons en *italique* ceux sur lesquels on se trompe le plus souvent.

erré,	lui,	*régné,*	*souri,*
existé,	menti,	résidé,	subsisté,
fallu,	nagé,	ressemblé,	*succédé,*
fraternisé,	navigué,	*ri,*	*succombé,*
gémi,	neigé,	ricané,	surgi,
imaginé (v. pr.),	*nui,*	riposté,	sympathisé,
jasé,	obtempéré,	rôdé,	uriné,
jeûné,	plu,	rivalisé,	vécu,
joui,	prospéré,	séjourné,	verbalisé,
langui,	*pu,*	sévi,	voyagé.

NOTA. Les règles qui précèdent suffisent pour bien écrire les participes passés employés dans les cas ordinaires. Quant aux cas difficiles, ils ne peuvent être approfondis que dans des traités spéciaux ; d'ailleurs nous ne devons pas entretenir nos lecteurs de difficultés qu'ils ne rencontreront que fort rarement dans leurs dictées ou leurs rédactions usuelles (Voy. l'AVIS important, p. 22).

XIe LEÇON.

RÈGLES SUR LES DIFFICULTÉS QUE PRÉSENTE L'ORTHOGRAPHE
DES MOTS *demi, nu,... même, tout, quelque,* ETC.

Demi.

98. *Demi,* placé avant un substantif ou un adjectif, est toujours invariable, et on lie les deux mots par un trait d'union.

Exemples :

Voilà une DEMI-*heure que je vous attends.*
Les DEMI-*mesures ne valent rien.*
Peuple à DEMI-*barbare.*

99. *Demi,* placé après le substantif, en prend le genre seulement, c'est-à-dire qu'on l'écrit sans s.

Exemple :

Vous partirez dans une heure-et DEMIE.
Cette séance a duré trois heures et DEMIE.
Il y a trois mois et DEMI *qu'il est mort.*

100. *Demi*, substantif, varie en nombre.

Exemples :

Deux DEMIES *font un entier.*
La DEMIE *est sonnée.*
Cette pendule sonne les DEMIES.

Nu.

101. *Nu*, placé devant les substantifs *cou*, *tête*, *pieds*, *bras*, *jambes*, reste invariable et se lie à ces mots par un trait d'union ; dans tout autre cas, il s'accorde avec le substantif.

On écrira donc sans accord :

Ces enfants vont NU-COU, NU-TÊTE, NU-PIEDS, NU-BRAS, NU-JAMBES.

Mais on écrira avec accord :

Diogène marchait pieds NUS ; *il avait constamment la tête* NUE, *les bras* NUS *et les jambes* NUES.
Je me suis réservé la NUE *propriété de mes biens.*

Ci-joint, ci-inclus.

102. *Ci-joint*, *ci-inclus*, placés avant ou après un substantif, s'accordent toujours, excepté quand ils commencent une phrase ou que le substantif n'a pas d'article.

On écrira donc avec accord :

Vous recevrez CI-JOINTE, CI-INCLUSE *la lettre, ou la lettre* CI-JOINTE, CI-INCLUSE.

Et sans accord :

CI-JOINT, CI-INCLUS *la lettre, et, je vous envoie* CI-JOINT, CI-INCLUS *copie de la note.*

Feu.

103. L'adjectif *feu* n'a pas de pluriel ; placé avant le déterminatif, il reste invariable ; mais placé immédiatement avant le substantif, il en prend le genre.

Exemples :

FEU *ma mère*, FEU *la reine.*
Ma FEUE *mère*, *la* FEUE *reine.*
FEUE *Catherine X....*

Vingts, cents, avec s.

104. On écrit *vingts, cents,* avec *s,* lorsqu'ils expriment *plusieurs fois vingt* ou *plusieurs fois cent,* et qu'ils sont suivis d'un substantif, exprimé ou sous-entendu.

Exemples :

Voici un billet de CENT QUATRE-VINGTS *francs, donnez-m'en d'abord* QUATRE-VINGTS (francs sous-entendu).
J'ai acheté une montre et sa chaîne pour TROIS CENTS *francs; j'ai revendu la montre seule pour* DEUX CENTS (francs sous-entendu).

Vingt, cent, sans s.

105. On écrit *vingt, cent,* sans *s,* lorsqu'ils sont suivis d'un autre adjectif numéral, ou lorsqu'ils signifient *vingtième, centième.*

Exemples :

QUATRE-VINGT-UN *chevaux.*
TROIS CENT-UN *francs.*
Page QUATRE-VINGT (quatre-vingtième).
L'an TROIS CENT (trois-centième).

Mil, mille, milles.

106. On écrit *mil* pour la date des années; *mille* pour compter, et *mille* avec *s* au pluriel, lorsqu'il signifie une étendue de chemin.

Exemples :

Napoléon est mort en MIL *huit cent vingt et un.*
Cet emploi rapporte dix MILLE *francs.*
Le MILLE *est environ* MILLE *pas géographiques.*
Les MILLES *d'Angleterre sont un peu plus longs que les* MILLES *d'Italie.*

Leur, leurs.

107. *Leur* placé avant ou après un verbe ne prend jamais *s*; mais précédé des articles *les*, *des*, *aux*, ou suivi d'un substantif pluriel, il prend *s*.

Exemples :

Donnez-LEUR *ce que vous* LEUR *avez promis.*
Ce sont LES LEURS. *Je serai* DES LEURS.
C'est AUX LEURS *que je m'adresse.*
Ces messieurs prirent LEURS *gants et* LEURS *chapeaux, puis ils s'en allèrent chacun à* LEURS *affaires.*
Ces messieurs sont montés dans LEUR *chambre.* (Je suppose qu'ils n'en avaient qu'une, car il faudrait le pluriel s'ils en avaient plusieurs.)

Notre, votre; nôtre, vôtre.

108. *Notre*, *votre*, suivis d'un *substantif*, ne prennent jamais l'accent circonflexe; mais précédés d'un des articles *le*, *la*, *les*, etc., ils en prennent un.

Exemples :

Mesdames, est-ce là VOTRE MAISON ? — *Oui, c'est* LA NÔTRE.
Messieurs, sont-ce là VOS ENFANTS ?—*Oui, ce sont* LES NÔTRES.
Donnez-moi mes livres, je vous rendrai LES VÔTRES.
Je serai DES VÔTRES. *Ils vont* AUX NÔTRES.

Même.

109. *Même* signifiant *aussi, et de plus, sans excepter*,..... est invariable, mais ne le signifiant pas, il s'accorde avec le substantif ou le pronom qu'il accompagne.

Exemples :

1° *Même*, invariable.

Nous devons aimer MÊME (aussi) *nos ennemis.*
Beaucoup d'hommes sont oublieux et MÊME (et de plus) *ingrats.*
Une tête bien faite s'accommode de tous les oreillers, MÊME (sans excepter) *les plus durs.*
On immola les vieillards, les femmes, les enfants MÊME (aussi) (1).

---

(1) Après plusieurs substantifs, la plupart des grammairiens font le mot *même* invariable; quelques-uns disent qu'on peut le faire accorder.

2° *Même*, variable.

Vous retombez toujours dans les MÊMES *fautes.*
Les sauvages MÊMES *reconnaissent un Dieu.*
*Les rois eux-*MÊMES *doivent respecter les lois.*
*Nous ferons nous-*MÊMES *cette affaire* (1).

NOTA. Le mot *même* présente quelquefois des difficultés qui ne peuvent être aplanies qu'en pénétrant bien le sens de la phrase.

Tout, variable.

110. Le mot *tout* est variable :
1° Quand il *précède* un *substantif;*
2° Quand il *précède* un *qualificatif féminin* commençant par une *consonne* ou une *h aspirée;*
3° Quand on peut le joindre à un *substantif exprimé ou sous-entendu* dans la phrase.

1ᵉʳ exemple.

L'espérance d'amasser du bien anime TOUS *les cœurs, essuie* TOUTES *les larmes, soutient* TOUS *les courages.*

2ᵉ exemple.

La campagne est TOUTE *riante.*
Cette demoiselle est TOUTE *honteuse.*

3ᵉ exemple.

Sa fortune est TOUTE *entre vos vos mains.* (Toute sa fortune...)
Nous sommes TOUS *sujets à la mort.* (Tous les hommes sont...)

Tout, invariable.

111. Le mot *tout* est invariable :
Quand il ne précède ni un *substantif* ni un *qualificatif féminin* commençant par une *consonne* ou une *h aspirée,* et qu'il a le sens de *si, tout à fait, entièrement.*

---

(1) Cependant on écrirait *nous-même, nous-même* si ces expressions signifiaient *moi-même, toi-même.* Ainsi, dans le style administratif, judiciaire, notarial, un fonctionnaire dira : Nous avons constaté *nous-même que*..... La politesse faisant employer *vous* pour *tu*, exige également : Venez *vous-même*, Monsieur...

Exemples :

TOUT (si, quelque) *bons que soient vos plans, ils ne seront point adoptés.*

Ces vins doivent être bus TOUT (entièrement) *purs.*

Nos bataillons sont TOUT (tout à fait) *prêts.*

NOTA. Dans le dernier exemple, si l'on avait en vue *la collection*, et non *l'état* des bataillons, on écrirait : Nos bataillons sont *tous* prêts ; d'ailleurs on peut dire : *Tous* nos bataillons sont prêts (Voy. le 3° du n° 110). Cela prouve que l'orthographe du mot *tout* est quelquefois subordonnée au sens que lui donne celui qui écrit.

Quelques, en un mot et avec s.

112. On écrit *quelques*, c'est-à-dire en un mot et avec s, toutes les fois qu'il a dans la phrase le sens de *plusieurs*.

Exemples :

QUELQUES *hommes.....*

QUELQUES *grands hommes ont fait d'utiles découvertes.*

QUELQUES *généreuses femmes se sont dévouées.....*

QUELQUES *richesses que vous ayez.....*

Quel que, en deux mots.

113. On écrit *quel que, quels que, quelle que, quelles que,* c'est-à-dire *en deux mots,* devant un *verbe ; quel* s'accorde avec *le sujet du verbe,* et *que* reste invariable.

Exemples :

QUEL QUE *soit votre talent.....*

QUELS QUE *soient vos efforts.....*

QUELS QUE *soient votre courage et votre persévérance.....*

QUELLE QUE *soit votre résignation.....*

QUELLES QUE *soient vos fatigues.....*

QUELLES QUE *soient votre sagesse et votre expérience.....*

Vos qualités, QUELLES QU'*elles soient.....*

Quelque, en un mot et sans s.

114. On écrit *quelque,* c'est-à-dire *en un mot* et sans s, quand il n'a pas le sens de *plusieurs,* ou qu'il n'est pas placé *devant un verbe.*

Exemples :

QUELQUE *riche vous soyez.....*
QUELQUE *adroitemènt que vous vous y preniez.....*
QUELQUE *vaillants guerriers qu'ils soient.....*
QUELQUE *sagesse que vous montriez.....*
QUELQUE *courage que vous déployiez.....*
QUELQUE *témérité qu'ils aient montrée.*
Ce château a été construit il y a QUELQUE *huit cents ans.*

Ou, où.

115. *Ou*, conjonction, signifiant *ou bien*, ne prend point d'*accent grave ;* mais adverbe de lieu, ou signifiant *dans lequel, dans laquelle*, etc., il en prend un.

Exemples :

C'est lui OU *moi.....* (*ou bien* moi).
Prends l'un OU *l'autre.....* (*ou bien* l'autre).
Voilà l'embarras OÙ *vous me mettez.....* (*dans lequel* vous me mettez).
C'est la place OÙ *je l'ai mis.....* (*dans laquelle* je l'ai mis).

Plus tôt, plutôt.

116. *Plus tôt, en deux mots,* exprime une idée de *temps ;* c'est l'opposé de plus *tard.*
Plutôt, en un mot, exprime une idée de *préférence.*

Exemples :

1° *J'arriverai* PLUS TÔT *que vous.*
Venez PLUS TÔT *qu'hier.*
Il vaut mieux faire ses devoirs PLUS TÔT *que plus tard.*
2° PLUTÔT *mourir que de me déshonorer.*
Je choisirai PLUTÔT *la mort que l'infamie.*

Quant, quand.

117. On écrit *quant,* par *t,* devant la préposition *à,* ou l'un des articles *au, aux ;* mais on écrit *quand,* par *d,* devant tout autre mot que *à, au, aux.*

Exemples :

QUANT A *votre ouvrage, il fera chaud quand il sera terminé.*
QUANT AU *bureau, il est tout prêt.*
QUANT AUX *blessés, ils étaient à plaindre.*
QUAND *Alexandre viendra-t-il?* QUAND *arrivera l'heureux moment où je pourrai me jeter à son cou! Il viendra* QUAND *il ne sera peut-être plus temps.*

Ah! eh! oh!

118. *Ah! eh! oh!* expriment *un sentiment profond* de quelque durée.

Exemples :

AH! *que je suis heureux de revoir un ami!*
EH! *qui n'a pleuré quelque perte cruelle!*
EH BIEN! *résignons-nous à pleurer.*
OH! *qu'il est cruel de n'espérer plus.*

Ha! hé! ho!

119. *Ha! hé! ho!* expriment *un sentiment vif, subit.*

Exemples :

HA! *l'homme savant, on vous y prend aussi.*
HA! *vous voilà.*
HÉ! *tuez-moi.*
HO! *que dites-vous là.*

NOTA. En général, l'*h* finale dans ces interjections exprime la *profondeur* des sensations, et l'*h* initiale la *vivacité.*

O... (ô).

120. *O* suppose qu'*on adresse la parole;* il est ordinairement suivi d'un *substantif* et ne veut pas de signe de ponctuation immédiatement après lui; mais il est surmonté d'un *accent circonflexe.*

Exemples :

O *cendres d'un époux! ô Troyens, ô mon père!*
O *Richard! ô mon roi!*
O *suprême bonheur de faire des heureux!*

NOTA. Relisez l'Avis important, page 22.

XII° LEÇON.

RÈGLES GÉNÉRALES SUR LE *doublement des consonnes.*

On ne double pas la consonne.

121. 1° Après une *voyelle accentuée.*

Exemples :

déférence,	élancer,	conquête,	péril,
défectueux,	épier,	célébrer,	sévère,
réformer,	épître,	pénible,	témoin.

122. 2° Après un *e* muet (1).

Exemples :

appeler,	melon,	secret,	tenailles,
appelons,	refuser,	serin,	tenir,
jetons,	repentir,	semence,	venir.

123. 3° Après un *son nasal* (an, in, on) (2),

Exemples :

enfanter,	contenter,	printemps,	conte,
dépenser,	inculte,	crainte,	gonfler,
nantir,	influent,	bonté,	pantin.

124. Dans les mots *simples* on ne double pas ordinairement la consonne qui se trouve entre *deux sons semblables.*

Exemples :

acacia,	calamité,	colonel,	salade,
acariâtre,	carafe,	colonie,	sonore,
amadou,	parade,	colosse,	tabac,
apanage,	panama,	honorable,	timide,
baraque,	imiter,	monotone,	tumulte,

et dans une foule d'autres.

NOTA. Cette règle, d'une fréquente application, n'atteint pas les mots tels que *commode, apparaître,* composés de *com* et de *mode,* de *ap* et de *paraître,* etc., etc. Il en est de même de *barrage, narration,* dérivés de *barrer, narrer,* etc.

---

(1) EXCEPTÉ dans *dessus, dessous, ressentir, ressource,* et autres mots semblables, composés de *res* et d'un primitif commençant par *s.*

(2) EXCEPTÉ à l'*imparfait du subjonctif* des verbes en ...*enir : que je vinsse, que tu tinsses,* etc., etc.

XIIIᵉ LEÇON.

A (1).

Son A médial (2) par E.

125. Le son *a* médial se peint par *e* dans les *adverbes* dérivés d'*adjectifs* terminés par *ent*.

Exemples :

ardᴇmment (3), dérivé d'ard*ent*,
décᴇmment, — de déc*ent*,
différᴇmment, — de différ*ent*,
imprudᴇmment, — d'imprud*ent*,
violᴇmment, — de viol*ent*,
récᴇmment, — de réc*ent*,

et plusieurs autres, auxquels nous ajouterons *femme, hennir, indemnité. nenni, solennel,* et leurs dérivés, qu'on prononce *fame, hanir, indamnité, nani, solanel.*

---

(1) Nous allons passer en revue, par ordre alphabétique, chacun des sons de la langue française. Nous récapitulerons, en grande partie, ce qui a été exposé jusqu'ici.

Comme on ne manquerait pas de nous demander *quel est le genre des lettres*, nous allons répondre à la question. « Le genre des lettres dépend de la méthode de pro- » nonciation. Il y a deux méthodes de prononciation en usage; dans l'une, que » nous appellerons l'ancienne, on prononce ainsi les lettres de l'alphabet : *a, bé, cé,* » *dé, effe, gé, ache,* etc. D'après cette prononciation il y a des lettres qui sont » masculines, il y en a qui sont féminines. Celles qu'on ne prononce qu'avec le secours » d'autres lettres dont on les fait précéder sont féminines, ce sont *f, h, l, m, n, r, s,* » que l'on prononce *effe, ache, elle, emme, enne, erre, esse* (on excepte la lettre *x,* » qui est masculine, quoique pour la prononcer on la fasse précéder des lettres *ic*). » Quant aux lettres que l'on prononce sans les faire précéder d'autres lettres, elles » sont masculines; ce sont *a, b, c, d, e. g, i, j, k, o, p, q, t, u, v, y, z.* D'après la » nouvelle méthode qui prononce les lettres *a, be, ce, de, e, fe,* etc., toutes les lettres » sont masculines. » (*Manuel général de l'instruction primaire,* 1856, page 504.)

Nos élèves ayant donné la préférence à l'ancienne méthode, nous l'avons suivie.

(2) A partir de cette leçon, nous emploierons souvent les mots *initial, médial, final,* et même *pénultième.*

En voici la signification :

initial : qui commence, comme *a* dans *Amadou;*
médial : qui est au milieu, comme *en* dans *insensible;*
final : qui finit, termine, comme le son *a* dans *avocat;*
pénultième : avant-dernier, comme le son *a* dans *courtisane.*

Nous ne saurions trop engager les maîtres et les élèves à se familiariser avec ces expressions, dont ils ne tarderont pas à reconnaître toute l'utilité, sous le rapport de la *concision.*

(3) Prononcez *ardament, dépament,* etc.

Son A final par AT.

126. Le son *a* final s'écrit par *at* dans les mots qui désignent un *état*, une *fonction*, une *dignité*.

Exemples :

apostolat,	consulat,	généralat,	prélat,
avocat,	diaconat,	légat,	primat,
calfat,	doctorat,	magistrat,	secrétariat,
califat,	électorat,	maréchalat,	syndicat,
cardinalat,	épiscopat,	pontificat,	vicariat, etc.

Ajoutons-y ceux dont la dérivation amène un *t* :

attentat,	attenta*toire*,	éclat,	éclate*r*,
climat,	acclima*ter*,	grabat,	grabat*aire*,
combat,	comba*ttre*,	mandat,	mandat*aire*,
contract,	contrac*ter*,	scélérat,	scélérat*e*,
débat,	déba*ttre*,	soldat,	soldat*esque*,

et quelques autres.

Nota. — Revoyez les 1re, 4e, 5e et 8e leçons en général, et les n°s 1, 30, 31, 32, 63, 118, 119, 153 et 155 en particulier.

XIVe LEÇON.

B.

127. *Abbé*, *rabbin*, *sabbat*, *Abbeville* et leur dérivés (1), sont les seuls mots usuels qui prennent *bb*.

On écrira donc avec un seul *b* :

abaisser,	abeille,	abolir,	abricot,
abandon,	abêtir,	abondance,	abri,
abattre,	abîmer,	abrégé,	abriter,
abattoir,	abjurer,	abreuver,	saboter,

et tous les autres.

---

(1) Abbaye, abbesse, abbatial, sabbatique et rabbinisme.

XVe LEÇON.

C dur (1), K (2), Q.

ACC..., ARR..., ATT..., par CC, RR ou TT.

128. Les syllabes initiales *ac*, *ar*, *at*, doublent la consonne dans les *verbes* et dans les mots *dérivés de verbes*.

Exemples :

acc...	*accapareur,*	arroser,	atteler,
accabler,	*arr...*	arrosoir.	attelage,
accablement,	arriver,	*att...*	attirer,
accaparer,	arrivage,	attabler,	attraction,

et beaucoup d'autres.

EXCEPTÉ :

1° *Acagnarder, s'acoquiner, acquérir, acquiescer, acquitter;* 2° *aromatiser;* 3° *atermoyer,* et leurs dérivés.

AC..., AR..., AT..., par un C, une R ou un T.

129. Les syllabes initiales *ac*, *ar*, *at*, ne doublent pas la consonne dans les mots qui ne sont ni verbes ni dérivés de verbes.

Exemples :

ac...	acajou.	aride,	atome,
acacia,	*ar...*	Ariége.	atour,
académie,	Arabie,	*at...*	atroce,
acrobate,	araignée,	atelier,	atrocité,

leurs dérivés et quelques autres.

EXCEPTÉ :

1° *Accès, accessible,* et quelques autres semblables;
2° *Arrhes, arroi, arroche, arrogance, Arras,* et leurs dérivés.

---

(1) Voyez à l's pour le *c* doux.
(2) Voici les mots les plus usités dans lesquels on trouve cette lettre : *bifteck, képy, blockaus, colback, kilogramme, kilométre,* et autres en *kilo...; kiosque, kirsch* (pron. *kirche*), *knout, kirielle, jockey, mamelouk, moka, Nankin, Pékin, schako, schapzku* (coiffure de nos lanciers); *Stockholm, ukase.*
Les autres sont peu nombreux.

OCC..., par CC.

130. La syllabe initiale *oc* prend *cc* devant une voyelle.

Exemples :

occasion,	occident,	occuper,	occurrent,
occasionner,	occulte,	occupation,	occurrence,

et quelques autres.

EXCEPTÉ :

Oculaire, oculiste, Océan, etc.

C dur, par C et par QU.

131. En général, les lettres *a*, *o* ne sont précédées de *qu*
ue dans les verbes en *quer ;* ailleurs on met un *c*.

On écrira donc par *qu :*

il fabri*qu*a,	il expli*qu*a,
nous fabri*qu*ons,	nous expli*qu*ons,
en fabri*qu*ant,	en expli*qu*ant.

Mais on écrira par *c :*

un fabri*c*ant,	un rôle expli*c*able,
la fabri*c*ation,	un expli*c*ateur,
un fabri*c*ateur,	un tableau expli*c*atif (1),
un afri*c*ain,	un *c*anal,
un améri*c*ain,	un *c*anton,
un mexi*c*ain,	un *c*oquelicot,
un républi*c*ain.	un *c*oiffeur.

Voici les exceptions :

1° Attaquable, critiquable, immanquable, remarquable, risquable;
2° Choquant, croquant, manquant, piquant;
3° Antiquaire, reliquaire, moustiquaire;
4° Quadrille, qualité *et ses dérivés*, quasi, quasimodo, quatre *et ses
dérivés*, quarante, quartier, quartaut, quarte, quatorze, équarrir; —
quand, quant à, quantième, quantité, quanquan, délinquant, — quai,
laquais, — quolibet, quote-part, quotient, quotidien, aliquote, liquoriste,
quoi (pronom), quoique, turquoise, carquois, narquois, *et quelques autres
peu usités.*

---

(1) Les *substantifs* et les *adjectifs* dérivés de verbes en *quer* prennent *c* à la
place de *qu*. (Voy. les neuf exceptions, 1° et 2°, et surtout le n° 132.)

132. PREMIÈRE REMARQUE. Aucun mot en *cation* ne s'écrit par *qu*, tous sont par *c*.

Exemples :

abdi*cation*,	confis*cation*,	forni*cation*,	provo*cation*,
appli*cation*,	défal*cation*,	impli*cation*,	revendi*cation*,
bifur*cation*,	embar*cation*,	invo*cation*,	révo*cation*,
communi*cation*,	expli*cation*,	prévari*cation*,	suffo*cation*,
compli*cation*,	fabri*cation*,	pronosti*cation*	va*cation*,

et beaucoup d'autres. Remarquez que tous ceux que nous mentionnons dérivent de verbes en *quer*.

132 *bis*. DEUXIÈME REMARQUE. Le *q* est toujours suivi d'un *u* : *coquille*, *quenouille*, *quête*, *quitter*, etc., à moins qu'il ne soit final : *coq*, *cinq* (1).

— Le *q* ne précède jamais le son *u* (2) ; on emploie le *c* : *curieux*, *lacune*, *pécule*, etc., excepté dans *piqûre*.

Enfin, devant *e*, *i*, on emploie *qu* et non *cu* : *marque*, *marquer*, *croquis*, etc., excepté : *biscuit*, *circuit*, *outrecuidance*, et les dérivés.

XVIᵉ LEÇON.

D.

133. *Addition*, *reddition* et leurs dérivés sont les seuls mots usuels qui prennent *dd*.

On écrira donc avec un seul *d* :

adapter,	admission,	adopter,	adoucir,
adepte,	admirer,	adorer,	Adour (l'),
adhérer,	adolescence,	ados,	adresse,
adhésion,	adoption,	adosser,	adultère,

et tous les autres.

---

(1) Nous n'avons que ces deux mots par *q* final.
(2) Remarquez que nous disons le *son u*, et non la *lettre u*.

XVII° LEÇON.

É, É (1).

Son È par AI.

134. 1° Dans la terminaison *aine*, des substantifs qui désignent un nombre, le son *è* se peint par *ai*.

Exemples :

centaine,	douzaine,	neuvaine,	semaine,
dizaine,	huitaine,	quarantaine,	trentaine,

et autres semblables.

135. 2° Dans les *féminins* en *aine* dont le *masculin* est en *ain*, le son *è* se peint par *ai*.

Exemples :

certaine, féminin de certain.
châtelaine, — de châtelain.
lointaine, — de lointain.
Lorraine, — de Lorrain.
riveraine — de riverain.
romaine, — de romain.
saine — de sain.
soudaine — de soudain.
souterraine — de souterrain.
suzeraine, — de suzerain.
et beaucoup d'autres.

---

(1) Nous ne parlerons pas de l'*e muet médial*; il présente de nombreuses difficultés qui ne peuvent être vaincues que par l'usage.

Quant à l'*e muet* final, voyez les 2° et 3° leçons, ainsi que les n°s 54, 55, 56, 57, 65.

Revoyez les 1°, 2°, 3°, 4°, 5°, 7° et 8° leçons en général, et les n°s 1, 2, 3, 6, 23, 24, 28, 30, 31, 48, 58, 59 (2°), 78, 79, 80, 81, 83, 85 et 92 en particulier.

136. 3° Dans le son finale *aire*, des *substantifs masculins* dérivés d'un mot *plus court*, le son *è* se peint par *ai* (1).

Exemples :

antiqu*aire*, dérivé d'antique.
hypothéc*aire*, — d'hypothèque.
légionn*aire*, — de légion.
reliqu*aire*, — de relique.
sanctu*aire*, — de saint.

137. 4° Dans le son final *aison*, le son *è* se peint par *ai*.

Exemples :

cargaison,	démangeaison	floraison,	maison,
combinaison,	exhalaison,	liaison,	oraison,
conjugaison,	fenaison,	livraison,	venaison, etc.

et plusieurs autres.

138. 5° Dans les *adjectifs* en *aire*, le son *è* se peint par *ai*.

Exemples :

actionnaire,	cellulaire,	involontaire,	octogénaire,
angulaire,	culinaire,	linéaire,	oculaire,
annulaire,	disciplinaire,	mortuaire,	populaire,
arbitraire,	héréditaire,	musculaire,	sédentaire,

et beaucoup d'autres (2).

EXCEPTÉ :

Adultère, austère, colère, délétère, éphémère, prospère, pubère, sévère, — amer, fier, cher, — clair, pair.

139. 6° Dans les *infinitifs* en *aire*, de la 4e *conjugaison*, le son *è* se peint par *ai*.

Exemples :

braire,	faire,	plaire,	surfaire,
distraire,	forfaire,	refaire,	taire,
déplaire,	méfaire,	soustraire,	traire, etc.

---

(1) Quant aux substantifs tels que *itinéraire*, *ulcère*, *ver*, etc., qui ne sont pas formellement compris dans cette règle, la dérivation, le dictionnaire et l'usage apprendront s'il faut les terminer par *aire*, par *ère* ou par *er*.

(2) On ne les confondra pas avec *viagère*, *horlogère*, qui viennent de *viager*, *horloger*, etc., ni avec *familière*, *princière*, de *familier*, *princier*, etc.

Son È par È.

140. Le son *è* se peint par *è* dans tous les *substantifs féminins* qui ont le son final *ière*.

Exemples :

bannière,	carrière,	frontière,	paupière,
barrière,	cafetière,	jarretière,	rivière,
bière,	civière,	lanière,	soufrière,
bonbonnière,	crinière,	ornière,	tabatière,

et beaucoup d'autres (1).

Sons É, IÉ, par ER, IER.

141. 1° Dans les mots où la *dérivation* amène une *r*, les sons finals *é, ié*, prennent une *r*.

Exemples :

Alger, dont on forme Algéri*e*.
bûcher,   —   bûcher*on*.
danger,   —   danger*eux*.
horloger,   —   horlogèr*e*.
sorcier,   —   sorcièr*e*.
et beaucoup d'autres.

142. 2° Dans les noms d'*arbres* ou d'*arbrisseaux*, les sons finals *é, ié*, prennent une *r*.

Exemples :

abricotier,	cotonnier,	laurier,	osier,
amandier,	coudrier,	marronnier,	peuplier,
bananier,	framboisier,	néflier,	pêcher,
cerisier,	groseillier,	oranger,	prunellier,

et beaucoup d'autres.

---

(1) Quant aux féminins du son *ère*, comme *vipère*, *jugulaire*, les uns prennent *è*, et les autres *ai* ; l'usage et le dictionnaire les apprendront.

143. 3° Dans les noms d'*états*, *métiers*, *dignités*, les sons finals *é*, *ié*, prennent une *r*.

Exemples :

alénier,	batelier,	douanier,	officier,
argentier,	braconnier,	drapier,	pontonnier,
armurier,	canonnier,	huissier,	roulier,
aumônier,	carabinier,	menuisier,	sabotier,

et beaucoup d'autres.

144 4° Dans les noms *masculins* ou le son de l'*é* fermé final est précédé de *i* ou de *y*, on l'écrit *er*.

Exemples :

atelier,	colombier,	loyer,	mortier,
balancier,	étrier,	panier,	noyer,
bénitier,	huilier,	pilier,	obusier,
cahier,	hunier,	pierrier,	saladier, etc.(1)

Nota. Relisez l'Avis important, page 22.

XVIIIe LEÇON.

—

F, PH.

...FF..., après l'U.

145. La lettre *f* médiale se double après l'*u* (2).

Exemples :

chauffer,	essouffler,	souffrir,	bufflèterie,
bouffer,	engouffrer,	buffle,	suffire,
étouffer,	souffler,	truffe,	suffrage,

et dans tout autre cas.

EXCEPTÉ DANS :

1° Gaufre, gaufrer, naufrage, faufiler, chaufour et leurs dérivés ;
2° Moufle, pantoufle, *soufrer*, du *soufre*, et leurs dérivés ;
3° Mufle, tartufe ou tartuffe.

---

(1) Cette règle n'atteint pas les *participes passés employés accidentellement comme substantifs*, tels que : un *employé*, un *marié*, un *estropié*, un *noyé* (homme), un *allié*, etc., etc. Le substantif *pied* fait aussi exception.

(2) Cette règle ne s'applique donc pas aux mots *sauf*, *Elbeuf*, *neuf*, *veuf*, *bœuf*, *œuf*, *ouf !* *pouf !* *tuf*. Ces mots sont les seuls où le son *fe* final précédé de *u* n'est pas suivi d'un *e* muet.

AFF..., EFF..., OFF..., par FF.

146. Les syllabes initiales *af*, *ef*, *of*, prennent *ff*.

Exemples :

affabilité,	affaler,	effaré,	offenser,
affadir,	affamer,	effectif,	office,
affaiblir,	effacer,	effondrer,	officier,

et tous les autres.

EXCEPTÉ

Afin, Afrique, éfaufiler, *et leurs dérivés.*

DIFF..., GRIFF..., SIFF..., par FF.

147. Les syllabes initiales *dif*, *grif*, *sif*, prennent toujours *ff*.

Exemples :

diffamer,	diffus,	griffer,	sifflet,
différence,	difficile,	griffonner,	siffleur,
difforme,	griffe,	siffler,	sifflement,

et beaucoup d'autres.

CAF..., DEF..., MEF..., REF..., par une F.

148. Les syllabes initiales *caf*, *def*, *mef*, *ref*, ne prennent qu'une *f*.

Exemples :

cafard,	défense,	méfait,	refaire,
café,	défroquer,	méfier (se),	réformer,
caféier,	déférer, déferrer,	méfiance,	reflux,

et tous les autres.

...FFE, par FF et un E.

149. Liste des mots terminés par le son *ffe*, avec *ff* et un *e* :

Exemples :

piaffe, *s.* et *v.*	greffe (le, la, il)	chiffe,	bouffe,
naffe,	griffe (la ou il)	étoffe,	touffe,
pataraffe,	escogriffe (un)	coiffe,	truffe.

... GRAPHE, ...TROPHE, par PH.

150. Les mots terminés par les sons *graphe*, *trophe*, prennent *ph*, et non *f*.

Exemples :

autographe,	épigraphe,	orthographe,	apostrophe,
calligraphe,	lithographe,	télégraphe,	catastrophe,

et plusieurs autres.

EXCEPTÉ :

Agrafe et ses dérivés : *agrafer*, *dégrafer*.

XIXᵉ LEÇON.

G.

G (dur), GU.

151. Les lettres *a*, *o* ne sont précédées de *gu* que dans les verbes en *guer*.

On écrira donc

avec *gu* :	et avec *g* :
en extravaguant,	un extravagant,
en se fatiguant,	un métier fatigant,
en intriguant,	un intrigant,
il conjugua,	la conjugaison,
il navigua,	la navigation,
nous naviguons,	une gondole,
etc., etc.	etc., etc.

152. REMARQUE. Dans les *substantifs* et dans les *adjectifs*, les sons *ga*, *gan*, ne prennent pas d'*u* après le *g* : *gabare*, *gabion*, *ganse*, etc., etc. ; excepté *onguent*.

G., GG.

153. *Aggraver, agglomérer, agglutiner, suggérer* et leurs dérivés, sont les seuls mots usuels qui prennent *gg*.

On écrira donc avec un seul *g* :

agacer,	dégrafer,	agrès, *s. f. pl.*,	aguerrir,
agonir,	agraire, *adj.*,	agricole, *adj.*	aguets,
agrafe,	agrandir,	agriculture,	cagot,
agrafer,	agréer,	agronome,	sagacité,

et partout ailleurs.

XXᵉ LEÇON.

H.

RÈGLE GÉNÉRALE SUR H INITIALE.

154. Tout *son-voyelle initial*, précédé (ou pouvant être précédé) de *le* ou *la* (au lieu de *l'*), prend une *h* (1).

Exemples :

la hachette,	le hasard,	le hibou,	le houblon,
le hachis,	le héraut,	la hiérarchie,	le hurlement.
la haie,	le héros,	le homard,	le hussard,

et beaucoup d'autres.

HU..., par H.

155. Le son *u* initial, suivi de *m*, prend une *h*.

Exemples :

humain,	humer,	humilier,	humoriste,
humaniser,	humeur,	humilité,	humble,
humecter,	humide,	humoral,	humus,

et plusieurs autres.

---

(1) Il aut excepter *onze, oui, un*, comme dans *le onze août*, *le oui* et *le non*, *le un* et *le deux*.

HABI..., HUI..., par H.

156. Les sons initials *a* et *ui* prennent une *h* dans les mots en *abi, ui*.

Exemples :

habile,	habitable,	huis,	huitaine,
habileté,	habituer,	huissier,	huître,
habiller,	habit,	huit,	huile,

et plusieurs autres.

EXCEPTÉ : *Abîme* et ses dérivés.

HI..., HY..., par H.

157. Le son *i* initial prend une *h* dans les mots en *ip* ou *yp*, et en *ydro*.

Exemples :

hippiatrique,	Hippolyte,	hypoténuse,	hydrogène,
hippodrome,	hypocrisie,	hypothèque,	hydrophobie,
hippopotame,	hypocrite,	hypothèse,	hydropisie,

et plusieurs autres.

EXCEPTÉ : *Ipécacuana*.

ORTHO..., THÉO..., par H.

158. Les mots en *ortho* et en *théo* prennent *th*.

Exemples :

orthodoxe,	orthographier	théologie,	théorie,
orthodoxie,	orthographiste	théologal,	théoricien,
orthographe,	orthopédie,	théorème,	théoriste,

et quelques autres.

EXCEPTÉ : *Ortolan*.

NOTA. Relisez l'Avis important page 22.

XXI⁰ LEÇON.

I, Y.

159. Revoyez les 1ʳᵉ, 2ᵉ, 3ᵉ, 4ᵉ, 5ᵉ, 8ᵉ et 10ᵉ leçons en général, et les nᵒˢ 1, 7, 10, 28, 29, 31, 38, 82, 83, 84, 87, 97, 98, 99, 100, 154 et 157 en particulier.

159 *bis*. Les seuls noms communs qui commencent par *y* sont *yacht, yatagan, yeuse, yeux* et *yole*.

— Cette lettre se trouve dans les mots qui commencent par *hydro, hyper, hypo, myria, physi, poly* (désignant une pluralité) : *hydropisie, hyperbole, hypocondre, myriamètre, physique, polysyllabe*, etc. Excepté *hippodrome, hippopotame*. (Voy. les nᵒˢ 82 et 83).

XXII⁰ LEÇON.

J et G doux.

... GE, par G.

160. L'*e* muet final n'est précédé d'un *j* que dans le pronom *je ;* partout ailleurs il est précédé d'un *g*.

Exemples :

âge,	manége,	prestige,	forge,
apanage,	piége,	vestige,	jauge,
change,	siége,	gorge,	bouge,
cortége,	Adige,	éponge,	juge,

et tous les autres.

GI, par G.

161. Le son *i* n'est jamais précédé d'un *j*, mais d'un *g*.

Exemples :

gibecière,	giberne,	giboulée,	gilet,
gibelotte,	gibier,	gigot,	girafe,

et dans tous les autres cas.

...JON, ...GEON.

162. *Donjon* et *goujon* se terminent par *jon ;* les autres mots de cette désinence se terminent par *geon : badigeon*, *bourgeon, escourgeon, esturgeon, pigeon, plongeon, sauvageon* et quelques autres peu usités. On termine par *c*, *jonc* et *ajonc*.

XXIIIe LEÇON.

—

L.

L non doublée, après l'U.

163. La lettre *l* ne se double pas après l'*u*.

On écrira donc avec une seule *l* :

épaule,	seule, *adj. f.*	foule,	formule,
gaule,	meule,	rouler,	formuler,
saule (un),	ampoule,	cédule,	postuler,
gueule,	boule,	cellule,	reculer,

et une foule d'autres.

EXCEPTÉ :

1° *Nulle*, fém. de *nul ;* 2° une *bulle*, du papier *bulle ;* 3° *Tulle* (ville), *tulle* (tissu); 4° *pulluler*, *ébullition*.

L non doublée, après l'I.

164. Dans le corps des mots, la lettre *l*, non mouillée, ne se double pas après l'*i* (1).

---

(1) Voyez le n° 170.

On écrira donc avec une seule *l* :

aile,	huile,	mutiler,	étoile,
agile,	tuile,	profiler,	étoiler,
bile,	tuilerie,	voile,	toile,
file,	exiler,	voiler,	rentoiler,

et dans tout autre cas.

EXCEPTÉ DANS :

1° *Pupille, ville,* et ses composés, *mille,* substantifs.
2° *Mille* (dix fois cent), *tranquille,* adjectifs.
3° *Distiller, vaciller, osciller, tranquilliser,* verbes (1).

ILL...., par LL.

165. Après l'*i* initial, on double *l*.

On écrira donc avec *ll* :

illégal,	illibéral,	illisible,	illusion,
illégitime,	illicite,	illumination,	illusoire,
illettré,	illimité,	illuminer,	illustrer,

leurs dérivés et quelques autres.

EXCEPTÉ :

Ile, îlot (petite île), *Iliade,* et quelques autres peu usités.

ÉL...., par une L.

166. Après le son É initial, on ne double pas *l*.

On écrira donc avec une seule *l* :

élaborer,	élasticité,	éléphant,	éliminer,
élaguer,	élection,	élever,	élingue,
élancer,	électriser,	élider,	élire,
élargir,	élégance,	éligible,	élite,

leurs dérivés et plusieurs autres.

EXCEPTÉ :

Elle, ellébore, ellipse, *et leurs dérivés.*

---

(1) On peut ajouter : Achille, calville, codicille, idylle, sibylle, Lille, Camille, et quelques autres peu usités.

... ALE,... ALER, par une L.

167. Dans *tous les adjectifs*, ainsi que dans la plupart des *substantifs* et des *verbes*, les sons finals *ale, aler* ne prennent qu'une *l*.

Exemples :

cérébrale, *f.*	vénale, *f.*	morale,	avaler,
chirurgicale, *f.*	verticale, *f.*	ovale,	cabaler,
frugale, *f.*	cabale,	rafale,	étaler,
théâtrale, *f.*	cavale,	succursale,	exhaler,

et un grand nombre d'autres.

EXCEPTÉ :

1° Les neuf substantifs : un *intervalle*, — une *halle*, une *balle*, une *malle*, une *dalle*, une *salle*, une *stalle*, la *faim-valle*, de la *noix de galle* ;

2° Les quatre verbes *aller, emballer, daller, installer*, et leurs dérivés.

Nota. Cette règle est extrêmement importante. (Voy. le n° 12, page 19.)

... ELLE, par LL.

168. Les mots *féminins* termininés par le son *el* prennent *ll*.

Exemples :

aisselle,	citadelle,	poutrelle,	actuelle,
bagatelle,	écuelle,	pucelle,	formelle,
bretelle,	étincelle,	ridelle,	individuelle,
cannelle,	ficelle,	tonnelle,	rationnelle,
cervelle,	flanelle,	vaisselle,	sensuelle,

et beaucoup d'autres.

EXCEPTÉ ;

Fidèle, infidèle, isocèle, parallèle, clientèle, frêle, grêle, poêle (à frire), — aile.

Nota. Quant aux verbes qui ont ce son final, l'usage et le dictionnaire seuls apprendront s'il faut écrire... *elle*..., *èle*... ou *êle*. (Voy. cependant les n°° 78, 79, 80 et 81 ; voy. également le n° 13, page 20.)

... OLE, ...OLER, par une L.

169. Les sons finals *ole, oler*, ne prennent qu'une *l*.

On écrira donc avec une seule *l* :

auréole,	casserole,	rougeole,	caracoler,
banderole,	fiole,	virole,	racoler,
boussole,	obole,	accoler,	violer,
carriole,	rigole,	bricoler,	voler,

et beaucoup d'autres.

EXCEPTÉ :

1° *Colle, corolle*, subst; — 2° *folle, molle*, adj. fém.; — 3° *coller.*

L mouillée, doublée après l'I.

170. Dans les mots *féminins* et dans *les verbes*, la lettre *l mouillée* se double après l'*i*.

On écrira donc avec *ll* :

bataille,	abeille,	aiguille,	travailler,
écaille,	bouteille,	apostille,	sommeiller,
muraille,	merveille,	bille,	veiller,
paille,	oseille,	cheville,	cueillir,
volaille,	treille,	ferrailler,	piller,

et une foule d'autres.

NOTA. En général, *l mouillée* se double après l'*i*, exepté lorsqu'elle termine un *masculin*, comme *péril, bail, cerfeuil, fenouil*, etc. (Voy. le n° 15, page 20.)

XXIVe LEÇON.

M.

M non doublée, après l'I et après l'U.

171. Dans le corps des mots, on ne double pas l'*m* après l'*i*, et jamais après l'*u*. (Voy. n° 175.)

Exemples :

ciment,	stimuler,	tumeur,	enclume,
dimanche,	cime.	amertume,	inhumer.
dimension,	estime,	brume,	parfumer,
grimace,	victime,	coutume,	résumer,

et dans tous les autres cas.

M non doublée, après l'A.

172. Après l'*a* initial, on ne double pas l'*m*.

Exemples :

améliorer,	ameublir,	amollir,	amovible,
aménager,	ameuter,	amonceler,	amurer,
amender,	amiral,	amorce,	amures, *s. f. pl.*
aménité,	amirauté,	amortir,	amuser,

et dans tout autre cas.

EXCEPTÉ DANS :

Ammoniac, ammoniaque.

COMM..., par MM.

173. Après *co* initial, on double l'*m* devant une voyelle.

Exemples :

commander,	commerce,	commode,	communier,
commencer,	commettre,	commotion,	communion,
comment,	commis,	commuer,	communiquer
commérage,	commissaire,	commun,	commutation,

leurs dérivés et beaucoup d'autres.

EXCEPTÉ :

Comédie, comestible, comète, comité, *et leurs dérivés.*

GOMM..., POMM..., SOMM..., par MM.

174. Après *go, po, so* initials, on double l'*m*, devant une voyelle.

On écrira donc avec *mm* :

gomme,	pommade,	sommaire,	sommeiller, *v.*
gommer,	pommeau,	somme,	sommelier, *s.*
gommeux,	pommier,	sommer,	sommet,
gommier,	pommeraie,	sommeil,	sommité,

et plusieurs autres.

IMM..., par MM.

175. Après l'*i* initial, on double l'*m*.

On écrira donc avec *mm* :

immaculé,	immensité,	imminence,	immoler,
immanquable,	immerger,	immodéré,	immondice,
immatriculer,	immeuble,	immiscer,	immoral,
immédiat,	imminent,	immobile,	immuable,

et plusieurs autres. (Voy. n° 171.)

EXCEPTÉ :

Image, imaginer, imiter, *et leurs dérivés.*

... AMME,... AME.

176. *Gamme, flamme, gramme* et leurs composés prennent *mm ;* les autres mots de cette désinence n'en prennent qu'une.

On écrira donc

avec *mm :*		et avec une *m :*	
enflammer,	myriagramme	drame (un),	trame,
décagramme ,	décigramme,	hippopotame,	affame (il),
hectogramme,	centigramme,	dame,	déclame (il),
kilogramme,	milligramme,	rame,	diffame (il),

et plusieurs autres.

... AMMENT, ...EMMENT, par MM.

177. Tous les adverbes terminés par le son *aman* prennent *mm.*

Exemples :

brillamment,	galamment,	décemment,	patiemment,
couramment,	instamment,	différemment,	pertinemment
élégamment,	notamment,	éloquemment,	sciemment,
étonnamment,	pesamment,	évidemment,	violemment,

et beaucoup d'autres.

XXVe LEÇON.

N.

N non doublée, après l'I et après l'U.

178. L'*n* ne se double ni après l'*i* ni après l'*u*.

Exemples :

*i*nabordable,	*i*naugurer,	buri*n*er,	du*n*e,
*i*namovible,	*i*nexplicable,	cuisi*n*e,	hu*n*e,
*i*naperçu,	*i*nexpugnable,	raci*n*e,	lacu*n*e,
*i*napplicable,	assassi*n*er,	avoi*n*e,	rancu*n*e,
*i*nattendu,	badi*n*er,	moi*n*e,	tribu*n*e,

et partout ailleurs.

EXCEPTÉ DANS :

In*n*avigable, in*n*é, in*n*ombrable, in*n*over, in*n*ocent, *et leurs dérivés.*

N non doublée, après l'A.

179. Après le son *a*, initial ou pénultième (1), on ne double pas l'*n*.

Exemples

a*n*alogie,	a*n*atomie,	basa*n*e,	membra*n*e,
a*n*alyse,	a*n*imal,	caba*n*e,	sulta*n*e,
a*n*anas,	a*n*imer,	carava*n*e,	effa*n*e (il),
a*n*archie,	a*n*imosité,	courtisa*n*e,	rica*n*e (il),
a*n*athème,	a*n*onyme,	mahométa*n*e,	trépa*n*e (il),

et partout ailleurs.

EXCEPTÉ DANS :

1° Année, anneau, annexer, annihiler, annoncer, annoter, annuler, *et leurs dérivés;*

2° Banne, canne (bâton), manne, vanne, tanne, paysanne, *leurs dérivés et quelques noms propres.*

NOTA. *Paysanne* est le seul féminin d'un masculin terminé par *an*, qui prenne *nn : sultane* de *sultan, anglicane* d'*anglican*, etc.

---

(1) N'oubliez pas que *pénultième* signifie *avant-dernier*. (Voy. note 2, page 71.

CONN..., par NN.

180. Après *co* initial, on double l'*n*.

Exemples :

connaissance,	connaisseur,	connétable,	conniver,
connaissement	connaître,	connétablie,	connexité.

EXCEPTÉ :

Cône et ses dérivés : *conique, conifère,* etc.

... IENNE, par NN.

181. Les féminins et les verbes terminés par le son *ienne* prennent *nn*.

Exemples :

Parisienne,	que je contienne,
persienne,	que tu obtiennes,
Cayenne,	qu'il retienne,
Mayenne,	qu'ils viennent.

EXCEPTÉ :

Les deux noms *hyène* et *hygiène.*

... ONNE et... ONNER, par NN.

182. Les composés des mots en *on*, et les verbes en *onner*, prennent *nn*.

Exemples :

1°

bonbon*nière*,	composé	de bonbon.
charbon*nier*,	—	de charbon.
menton*nière*,	—	de menton.
vignero*nne*,	—	de vigneron.

et une foule d'autres.

2°

abonner,	collationner,	déraisonner,	entonner,
boutonner,	cramponner,	désarçonner,	frissonner,
braconner,	crayonner,	échardonner,	résonner,
cautionner,	déboutonner,	écouvillonner,	talonner, etc.

EXCEPTÉ :

1° Détoner, dissoner, ramoner, détrôner, prôner, trôner ;
2° Bonifier, bonification, bonasse, — donataire, donateur, donation, — intonation, — assonance, sonore, sonorité, — colonial, et autres mots en *onal*, *ional* : cantonal, etc., — japonais, millionième, pontonage, timonier, — canoniser, canonique, et autres composés de *canon* de l'Église (1).

NOTA. Cette règle est extrêmement importante. Il ne faut pas s'inquiéter des exceptions signalées, car la plupart n'ont pas de raison d'être.

XXVIᵉ LEÇON.

—

O.

... EAU, avec E avant l'*a*.

183. Les *substantifs* et les *adjectifs* qui ont le son final *au*, par *a*, *u*, pour le singulier comme pour le pluriel, prennent un *e* avant l'*a*, quand cette lettre n'est précédée ni ni de *u* ni de *y*.

On écrira donc avec un *e* :

Un barreau, à cause du pluriel des barreaux.
Un chapeau, — des chapeaux.
Un créneau, — des créneaux.
Un écriteau, — des écriteaux.
Un lapereau, — des lapereaux.
Un perdreau, — des perdreaux (2).

---

(1) Voici les principaux mots en *onne* qui ne sont pas composés de mots en *on* :

colonne,	nonne (religieuse),	Garonne,	Ratisbonne,
cretonne,	Bayonne.	Lisbonne,	Sorbonne.
personne,	Carcassonne,	Péronne ;	Yonne.

Les autres de ce son final n'ont qu'une *n* : *trombone, anémone, Savone, Babylone*, etc. Ils sont peu nombreux.

(2) Il n'y a d'exceptés que *sarrau, étau, Pau* et quelques noms propres. (Voy. le nᵒ 36.)

Et sans e :

Aloyau, boyau, hoyau, joyau, noyau, tuyau, gluau, gruau, parce que l'*a* est précédé de *u* ou de *y*.

REMARQUE. L'*e* des substantifs et des adjectifs en *eau* est souvent indiqué ,

1° Par la *dérivation* :

BandEAU de bandE ; batEAU de batElier ;

2° Parce qu'ils désignent des *diminutifs* :

Perdreau, petit de la *perdrix* ; *moineau*, petit oiseau ;

3° Parce que la dérivation n'amène jamais ni un *d* ni un *t*. (Voy. le n° 185.)

... AUX, sans E avant l'A.

184. Les pluriels en *aux*, dont le singulier est en *al* ou en *ail*, ne prennent pas d'*e* avant l'*a*.

On écrira donc sans *e* avant l'*a* :

*amir*AUX, à cause du singulier *amir*AL.
*arsen*AUX,   —   *arsen*AL.
*fan*AUX,   —   *fan*AL.
*hôpit*AUX,   —   *hôpit*AL.
*brut*AUX,   —   *brut*AL.
*cordi*AUX,   —   *cordi*AL.
*b*AUX,   —   *b*AIL.
*soupir*AUX,   —   *soupir*AIL.
*vitr*AUX,   —   *vitr*AIL.

et beaucoup d'autres semblables. (Voy. n° 36.)

... AUD , ...AUT, sans *e* avant l'*a*.

185. Les sons finals *aud*, *aut*, des mots où la dérivation amène un *d* ou un *t*, ne prennent pas d'*e* avant l'*a*.

Exemples :

chaud, primitif de chaud*e*.			assaut, primitif de saut*er*,	
crapaud,	—	crapaud*ine*.	défaut, — faut*er*,	
échafaud,	—	échafaud*er*.	haut, — haut*e*,	
salaud,	—	salaud*e*.	saut, — saut*er*,	

et autres semblables.

NOTA. On écrit souvent mal *artichaut, levraut* (petit lièvre), *héraut* d'armes.

Revoyez les 1re 2e, 3e, 4e, 5e et 8e leçons en général, et les n°s 1, 2, 3, 24, 28, 31 32, 37 60 108, 118, 119 et 120 en particulier.

XXVIIe LEÇON.

P.

APP..., par PP, devant L, A, U, R, E.

186. Après l'*a* initial, on double le *p* devant l'une ou l'autre des cinq lettres *l, a, u, r, e,* formant le nom de femme *Laure.*

Exemples :

l.	apparat,	appui.	apprivoiser,
applaudir,	appareil,	*r.*	*e.*
appliquer,	apparent,	apprécier,	appel,
application,	appas,	apprendre,	appeler,
applicable.	appât.	apprenti,	appendice,
a.	*u.*	apprêt,	appesantir,
apparaître,	appuyer,	apprêter,	appétit,

et tous les autres.

EXCEPTÉ :

Aplanir, aplatir, aplomb, — apaiser, apanage, apathie, — apurer, — âpre, après, — apercevoir, apetisser, guet-apens, *et leurs dérivés.*

AP..., par un P, devant O.

187. Après l'*a* initial, le *p* ne se double devant *o* que dans les trois verbes *appointer, apporter, apposer* et leurs dérivés.

On écrira donc avec un seul *p* :

Apocalypse,	apoplexie,	apostille,	apostolique,
apocryphe,	apostasie,	apostiller,	apostrophe,
apogée,	apostat,	apôtre,	apothicaire,
apologie,	aposter.	apostolat,	apothéose,

et plusieurs autres.

OPP..., OP..., par PP ou un P.

188. Après l'*o* initial, le *p* ne se double que devant *o* ou *r*.

On écrira donc

avec *pp* :		et avec un *p* :	
opposer,	oppressif,	opérer,	opinion,
opposition,	opprimer,	opiner,	opuscule,
oppresser,	opprobre,	opiniâtre,	opulent,

et ainsi pour tous les autres.

SUP..., SUPP..., par un P ou PP.

189. La syllabe initiale *sup* ne prend qu'un *p* dans *suprême, suprématie* et les mots commençant par *super ;* dans les autres mots elle en prend deux.

On écrira donc

avec un *p* :		et avec *pp* :	
superbe,	superficiel,	supplanter,	supprimer,
supercherie,	superflu,	suppléer,	supputer,
superficie,	superposer,	supplément,	supputation,

et ainsi pour tous les autres.

...PPE, avec PP et un E.

190. Liste des mots terminés par le son *ppe*, avec *pp* et un *e*.

frappe, *s. et v.*	échappe (il).	Aristippe,	développe (il).
happe, *s. et v.*		Xantippe,	
grappe, *s.*	Dieppe.	Philippe.	houppe.
jappe, (il)			
nappe, *s.*	grippe, *s. et v.*	échoppe,	huppe.
trappe, *s.*	nippe, *s. et v.*	enveloppe,	»

NOTA. La lettre *p* finale, prononcée, est toujours suivie d'un *e* muet ; excepté dans : *Alep* (ville), *cap*, *cep* (de vigne), *croup* (maladie), *group* (d'argent), *jalep*, *julep*, *sloop* (navire, pron. *sloup*), *steppe*.

XXVIII° LEÇON.

R.

R non doublée, après l'I et après l'U.

191. La lettre *r* ne se double pas après l'*i*, dans le corps des mots (1), et jamais après *le son u* (2).

Exemples :

cire, sire,	nuire,	allure,	encoignure,
confire,	maudire,	armure,	fissure,
satire,	expirer,	denture,	fourrure,
tire-lire,	soupirer,	embrasure,	rainure,
lire,	virer,	encablure,	serrure,

et dans une foule d'autres (3).

ARR..., AR..., par RR ou une R.

192. La syllabe initiale *ar*... (*Voy.* n°s 128 et 129).

CHARR..., par RR.

193. *Chariot* est le seul composé de *char* qui ne prenne pas *rr*.

Exemples :

charrette,	charretier.	charriage,	charroyer,
charretée,	charron,	charrier,	charrue,

et tous les autres.

---

(1) Voyez le n° 196.

(2) Remarquez que nous ne disons pas après l'*u*, mais après le *son u*. Cette règle ne concerne donc pas l'*r* précédée du son *ou*, comme dans *bourrer*, *fourrier*, etc. Il y a cependant peu de cas où l'*r* se double après *ou*.

(3) Excepté *squirre*. On écrit *myrrhe*.

MAR..., PAR..., par une R.

194. Les syllabes initiales *mar*, *par*, ne doublent pas l'*r*.

Exemples :

marais,	mariée, *s.*	parabole,	paraître,
marasme,	marier, *v.*	parachute,	parage,
marauder,	Maroc,	parade,	parallèle,

et tous les autres.

EXCEPTÉ :

Marraine et *marron*, *parrain* et *parricide*, ainsi que leurs dérivés.

BOURR..., TERR..., TORR..., par RR.

195. Les syllabes initiales *bour*, *ter*, *tor*, prennent *rr*.

Exemples :

bourrache,	bourrique,	terrine,	torréfier,
bourrer,	terrain,	territoire,	torrent,
bourrelet,	terre,	terroir,	torrentueux,
bourrasque,	terreur,	terreau,	torrentiel,
bourriche,	terre-plein,	terrasse,	torride,

et tous les autres.

EXCEPTÉ :

Bouracan, térébenthine, toron, *et leurs dérivés*,

IRR..., par RR.

196. Après l'*i* initial on double l'*r*.

Exemples :

irrationnel,	irréductible,	irréflexion,	irréparable,
irréconciliable	irréfléchi,	irrémissible,	irrésistible,

et tous les autres.

EXCEPTÉ :

Iris, ironie, Iroquois, *et leurs dérivés*.

OR...., par une R.

197. Après l'*o* initial on ne double pas l'*r*.

Exemples :

oracle,	orange,	orémus,	oriflamme,
orage,	orateur,	orient,	original,
oraison,	oratoire,	orienter,	originalité,
oral, e,	oreiller,	orifice,	origine,

et tous les autres.

NOTA. Voyez les n°ˢ 54, 55, 56 et 93, et relisez l'Avis important, page 22.

XXIXᵉ LEÇON.

S et C doux (1).

SE, par S.

198. *Se,* par *s*, peut toujours se tourner par l'une des expressions *soi, à soi, eux, à eux, elle, à elle,* etc.

Exemples :

Il SE *fâche* (c'est-à-dire il fâche *soi*).
Ils SE *promènent* (c'est-à-dire ils promènent *eux*).
Elle s'est coupée (c'est-à-dire elle a coupé *elle*).
Elles SE *sont sali les mains* (c'est-à-dire elles ont sali les mains *à elles*).

REMARQUE. Devant tout verbe autre que le verbe *être,* ainsi que devant le verbe *être suivi d'un participe passé,* le mot *se* prend une *s*.

CE, par C.

199. *Ce,* par *c*, accompagne les *substantifs,* les *adjectifs,* les pronoms *qui, que, quoi, dont* et le verbe *être* employé sans *participe passé*.

---

(1) Il faut d'abord ne pas perdre de vue que le son *se* (s) entre deux voyelles se peint par *c*, par *ss* ou par *t*, comme dans *grâce, grosse, prophétie*. Il ne se peint par *s* simple que dans quelques mots peu usités que l'usage seul apprendra.

Exemples :

Donnez CE PAIN *à* CE PAUVRE *diable.*
Voilà CE QUI *vous regarde.*
Faites CE QUE *vous voudrez.*
C'EST CE DONT *il s'agit.*
N'EST-CE *pas la réflexion qui donne l'expérience?*

CES, SES.

200. *Ces,* par *c,* s'emploie pour *montrer* les personnes et les choses; et *ses,* par *s,* pour *indiquer* à qui elles *appartiennent.*

Exemples :

CES *personnes sont affables.*
Fuyez CES *hommes sans foi, sans mœurs, etc.*
L'homme sage s'applique à régler SES *désirs,* SES *goûts,* SES *travaux,* SES *plaisirs,* SES *affections, en un mot toute sa conduite.*

Son ... SION, par T.

201. Le son *sion* précédé d'une des lettres *c, a, p, o* (formant le mot *capo*), prend un *t.*

Exemples :

c.	*a.*	*p.*	*o.*
abjection,	adoration,	acception,	dévotion,
action,	création,	déception,	émotion,
conviction.	évocation.	exception.	notion,

et beaucoup d'autres.

EXCEPTÉ :

Passion et compassion.

... SION, par S.

202. Précédé de *l* ou de *r,* le son *sion* prend une *s.*

Exemples :

aspersion,	diversion,	incursion,	répulsion,
aversion,	excursion,	expulsion,	révulsion,
contorsion,	extorsion,	convulsion,	submersion,

et quelques autres.

EXCEPTÉ :

Assertion, désertion, insertion et portion.

... SSION, par SS.

203. Le son *sion* s'écrit par *ss* dans les mots terminés par *ession, mission.*

Exemples :

agression,	compression,	admission,	émission,
cession,	confession,	commission,	omission,
concession,	dépression,	démission,	permission,

et plusieurs autres.

EXCEPTÉ :

Sujétion et discrétion.

... SS....

204. Les *substantifs* dérivés de verbes en *ir* prennent *ss*.

Exemples :

agrandissement, dérivé d'agrand*ir*.
aplanissement, — d'aplan*ir*.
aplatissement, — d'aplat*ir*.
bât*isse*, — de bât*ir*.
jaun*isse*, — de jaun*ir*.
et beaucoup d'autres.

EXCEPTÉ :

Nourrice, nourricier (de nourrir), service (de servir), sévices (de sévir).

... ISSER, par SS.

205. Les *verbes* terminés par le son *isser* prennent *ss*.

Exemples :

apetisser,	esquisser,	pâtisser,	tapisser,
déplisser,	glisser,	rapetisser,	tisser,
éclisser,	lisser,	ratisser,	treillisser,

et plusieurs autres.

EXCEPTÉ :

Épicer (assaisonner), policer (faire la police), s'immiscer.

... ASSER, par SS.

206. Les *verbes* terminés par le son *asser* prennent *ss*, quand ils dérivent de *substantifs* terminés par *as*.

Exemples :

am*asser*, dérivé d'am*as*;
br*asser*, — de br*as*:
frac*asser*, — de frac*as*.
et plusieurs autres.

EXCEPTÉ :

Vergl*acer*, de vergl*as*.

... CIABLE,... CIER, par C.

207. Les terminaisons *ciable* et *cier* prennent un *c*.

Exemples :

| appréciable, | négociable, | associer, | déprécier, |
| justiciable, | sociable; | bénéficier, | supplicier, |

et quelques autres.

EXCEPTÉ :

Insatiable, — balbutier et initier, qui prennent un *t*.

... ESSE, par SS.

208. Les *substantifs féminins* terminés par le son *esse* prennent *ss* et non *c*.

Exemples :

abbesse,	déesse,	finesse,	prouesse,
caresse,	presse,	ivresse,	tresse,
compresse,	détresse,	paresse,	vitesse,

et beaucoup d'autres.

EXCEPTÉ :

Espèce, nièce, pièce, vesce, — Grèce, Lucrèce, Lutèce.

... ANCE,... ENCE ;... ANCER,... ENCER, par C.

209. Les terminaisons *ance, ence, ancer, encer* prennent généralement un *c*.

Exemples :

abondance,	lance,	diligence,	élancer,
arrogance,	tendance,	intelligence,	financer,
balance,	vengeance,	opulence,	commencer,
bienséance,	vigilance,	turbulence,	influencer,
garance,	clémence,	balancer,	cadencer,

et beaucoup d'autres.

EXCEPTÉ :

1° *Danse, panse,* substantifs et verbes ;
2° *Dépense, défense, dispense, offense, récompense,* subst. et verb. ;
3° *Anse, contredanse, ganse, transe, Hortense,* substantifs ;
4° *Dense, immense, intense,* adjectifs ;
5° Il *pense,* il *compense,* il *condense,* il *encense.*

... FICE,... SPICE,... TRICE, par C.

210. Les terminaisons *fice, spice, trice,* prennent un *c*.

Exemples :

artifice,	sacrifice,	aruspice,	cantatrice,
bénéfice,	auspice,	actrice,	impératrice,
maléfice,	hospice,	accusatrice,	lectrice,
orifice,	frontispice,	cicatrice,	matrice,

et beaucoup d'autres.

... ONCE, par C.

211. La terminaison *once* prend un *c*.

Exemples :

nonce,	once,	ronce,	dénonce (il),
quinconce,	pierre-ponce,	semonce,	enfonce (il),
annonce,	raiponce,	défonce (il),	renonce (il).

EXCEPTÉ :

Réponse, — Alphonse et Ildefonse.

NOTA. L'usage et le dictionnaire sont les guides les plus sûrs pour lever les autres difficultés de cette leçon. Nous ferons cependant remarquer que, en général, on met un *c* lorsque, dans un mot de la famille, il se trouve à la même place un *c* dur, ou *qu,* ou *x* : *médecin* de *médical, électricité,* d'*électrique; fauciller* de *faux.*

XXXᵉ LEÇON.

T.

ATT..., AT..., par TT ou un T.

212. La syllabe initiale *at*... (Voyez nᵒˢ 128 et 129).

... ATE, ... ATER, par un T.

213. Les mots en *ate* et en *ater* ne prennent qu'un *t*.

Exemples :

acrobate,	écarlate,	acclimater,	dilater,
cantate,	frégate,	antidater,	éclater,
casemate,	ouate,	calfater,	frelater,
cravate,	patate,	constater,	rater,
date,	savate,	dater,	relater,

et beaucoup d'autres.

EXCEPTÉ :

1º Chatte, datté (fruit), gratte, latte, natte, patte, *subst. fém.*;
2º Flatter, gratter, latter, natter, *verbes.*

T non doublé après I et après U.

214. Le *t* ne se double ni après l'*i* ni après l'*u*.

Exemples :

conduite,	moite (*adj.*),	absoute,	chute,
faillite,	droite,	banqueroute,	culbute,
marmite,	boiter,	déroute,	rechute,
agiter,	convoiter,	ajouter,	amputer,
citer,	exploiter,	brouter,	culbuter,

et partout ailleurs.

EXCEPTÉ DANS :

1º Quitter, *et ses dérivés*, littéral, littérature, littoral, pittoresque, sagittaire, *et leurs dérivés* ;
2º Goutte, égoutter, *et leurs dérivés* ;
3º Butte, *f.* hutte, lutte, lutter, *et leurs dérivés*, cutter (navire), gomme-gutte, guttural, Calcutta.

... ETTE ; par TT.

215. La plupart des *mots féminins* terminés par le son *ette* prennent *tt*.

Exemples :

ablette,	chaînette,	doucette,	lorgnette,
aiguillette,	chansonnette	follette,	pauvrette,
alouette,	chaufferette,	finette,	proprette,
amusette,	curette,	gachette,	violette,
bossette,	épaulette,	lancette,	soubrette,

et plus de trois cents autres.

EXCEPTÉ :

1° Complète, concrète, discrète, incomplète, indiscrète, inquiète, secrète, replète ;

2° Honnête *et ses composés* ;

3° Arbalète, comète, diète, épithète, planète ;

4° Arête, bête, conquête, crête, enquête, fête, quête, requête, tempête, tête ;

5° Babet, Élisabeth ;

6° Défaite, retraite, traite.

NOTA. Un *amulette*, un *trompette*, un *cornette*, sont les seuls *substantifs masculins* par *tt*.

Pour les verbes de ce son final, l'usage et le dictionnaire seuls apprendront s'il faut les terminer par *ette*, *ète* ou *ête*. (V. cependant les n°s 78, 79, 80 et 81.)

Relisez l'Avis important, page 22.

XXXIe LEÇON.

U, V, X (1).

216. Revoyez les 1re, 2e, 3e, 4e, 5e, 8e et 10e leçons en général, et les n°s 1, 9, 28, 31, 32, 101, 154, 155 et 156 en particulier.

---

(1) Pour ce qui concerne les lettres *v* et *x*, nous renvoyons à l'usage et au dictionnaire.

XXXIIe LEÇON.

Z.

Z. S. X.

217. Entre *deux voyelles*, on emploie généralement une *s* au lieu d'un *z*.

Exemples :

gymnase,	pause, pose,	cerise,	pelouse,
vase,	hypothèse,	valise,	écluse,
base,	thèse,	dose,	guérison,
phrase,	bise,	rose,	garnison,

et partout ailleurs.

EXCEPTÉ DANS :

1° Azime, azote, azur, azurer, alezan, *alize* (1), alizier, amazone, apozème, bazar, bézoar, bizarre, épizootie, *gaze* (2), gazelle, gazette, *gazon* (3), gazouiller, *horizon* (3), lazare, lazaret, lazariste, lézard, lézarder, luzerne, mazette, douze, *treize* (4), *seize* (4), suzerain, *topaze* (2), *trapèze* (4), zizanie, leurs dérivés et quelques noms propres;

2° Deuxième, sixième, dixième, et leurs dérivés.

Z final, sans E.

218. *Z* final prononcé est toujours suivi d'un *e* muet.

EXCEPTÉ DANS :

Gaz (le), *Coblentz*, *Metz*, *Retz*, *Rodez*, *Suez*.

---

(1) *Alize* est le seul mot en *ize* par *z*; les autres sont, par *s* : *expertise*, *Louise*, *maîtrise*, etc.

(2) *Gaze* (la) et *topaze* sont les seuls mots en *aze*, par *z*; les autres sont par *s* : *base*, *case*, *phase*, etc., excepté le *gaz*.

(3) *Gazon* et *horizon* sont les seuls mots en *zon*, par *z*; les autres sont par *s* : *cargaison*, *garnison*, *saison*, etc.

(4) *Treize*, *seize*, *trapèze* et *Corrèze* sont les seuls mots du son *èze* (aise), par *z*; les autres sont par *s* : *falaise*, *punaise*, *diocèse*, *Thérèse*, il *pèse*. On écrit *mélèze* ou *mélèse*.

XXXIIIe LEÇON.

AN, EN.

AM, EM, IM, OM, UM, par M.

219. Devant *b*, *p* ou *m*, les sons *an*, *in*, *on*, *un* prennent un *m*.

Exemples :

*am*bitionner,	*em*mener,	*im*berbe,	co*m*bien,
*am*puter,	*em*menotter,	*im*prégner,	o*m*brelle,
*em*barquer,	*im*porter,	*im*puter,	po*m*pon,
*em*boîter,	*im*biber,	bo*m*be,	hu*m*ble,

et dans tout autre cas.

EXCEPTÉ DANS :

1° Bo*n*bon, bo*n*bonnière, embo*n*point, néa*n*moins, no*n*pareille ;
2° Nous *vînmes*, nous *tînmes*, et autres verbes semblables.

AN, par A.

220. Le son *an* prend un *a* après

b, bl, br :	*c :*	éléphant.	*st :*
bamboche,	anéantir,	*gl, gr :*	assistant,
blanquette,	séance.	gland,	existant,
semblant,	*f, fl, fr. ph. :*	grange.	inconstant,
brancard.	fanfare,	*pl :*	instant..
cl, cr :	fanfaron,	plan, e,	*tr :*
clandestin,	fanfan,	plant, er,	trancher,
crampe,	flambeau,	planche,	tranchet,
crampon,	franc,	planchéier.	transfert,

et partout ailleurs.

EXCEPTÉ DANS :

Coblentz, térébenthine, prébende, — *fendre, offenser,* — splendeur, — *existence,* ostentation, ostensoir, sustenter, abstention, — trembler, tremper, trente, *et leurs dérivés.*

AN, par A.

221. Le son *an* prend un *a* avant *g*, ainsi qu'avant et après *ch*.

Exemples :

ange,	anguille,	chambellan,	chanvre,
angélus,	étang,	chambranle,	avalanche,
angine,	mésange,	chanceler,	planche,
angoisse,	anchois,	chanfrein,	tranchet,

et dans tout autre cas.

EXCEPTÉ :

1° Au commencement des *verbes et de leurs dérivés* (voy. n° 222);
2° Dans *venger, hareng,* et leurs dérivés;
3° Dans *pencher, pervenche,* et leurs dérivés.

EM, EN, par E.

222. Le son *en* prend généralement un *e* au commencement des verbes et des mots dérivés de verbes.

Exemples :

emballer,	*embaucher,*	*encadrer,*	*enthousiasmer*
emballage,	embaucheur,	encadreur,	enthousiasme,
emballeur,	embauchage,	encadrement	enthousiaste,
embarrasser,	*emprunter,*	*encenser,*	*envier,*
embarras,	emprunt,	encenseur,	envie,
embarrassant,	emprunteur,	encensoir,	envieux,

et une foule d'autres.

EXCEPTÉ :

Ambitionner, amputer, ancrer, anticiper, antidater, amplifier, ambrer, ambler, anglaiser (11 verbes et leurs dérivés).

NOTA. Le son *an* initial, dans les mots qui ne sont ni verbes ni dérivés de verbes, s'écrit le plus souvent par un *a;* il est impossible de donner à ce sujet une règle praticable.

EN, par E.

223. Dans les *verbes* en *endre* et dans leurs dérivés, le son *en* prend un *e*.

Exemples :

apprendre,	*étendre,*	*rendre,*	*suspendre,*
apprenti,	étendeur,	rendement,	suspension,
apprentissage,	étendoir,	rendez-vous,	suspensoir,
comprendre,	*fendre,*	*reprendre,*	*tendre,*
compréhensible,	*fendeur,*	répréhensible,	tendance,
compréhension,	fendoir,	répréhension,	tendeur,

et beaucoup d'autres.

EXCEPTÉ :

Épandre et *répandre,* ainsi que leurs dérivés.

... AN..., par A.

224. Dans les mots en *andre* et en *ande,* qui n'appartiennent pas aux verbes en *endre* (n° 223) ou à des dérivés de ces verbes, le son *an* prend un *a.*

Exemples :

Alexandre,	méandre,	demande,	lande,
coriandre,	salamandre,	Finlande,	lavande,
esclandre,	amande (fruit),	Hollande,	limande,
Flandre,	commande,	Irlande,	plate-bande,

et beaucoup d'autres.

EXCEPTÉ :

Amende (peine), *amender* (rendre meilleur), *dividende, calendes, tendre,* adj., il *appréhende.*

... EN..., par E.

225. Dans les mots en *ension, ention,* le son *en* prend un *e.*

Exemples :

appréhension,	extension,	attention,	détention,
ascension,	pension,	contention,	inattention,
dimension,	propension,	contravention	intention,
dissension,	suspension,	convention,	invention, etc.

EXCEPTÉ : *ExpANsion.*

NOTA. N'oubliez pas d'appliquer cette règle aux dérivés. Écrivez donc par *en* : pENsionnaire, convENtuel, invENteur, etc., dérivés de pENsion, convENtion, invENtion, etc.

... EN..., par E.

226. Dans les verbes en *enter* et en *entir*, ainsi que dans leurs dérivés, le son *en* prend un *e*, lorsqu'aucune règle connue ne s'y oppose.

Exemples :

attenter,	inventer,	consentir,	mensonge,
attentat,	invention,	consentement	sentir,
charpenter,	contenter,	mentir,	ressentir,
charpentier,	contentement,	menteur,	ralentir,

et plusieurs autres.

EXCEPTÉ :

Épouvanter et *hanter*, — *garantir* et *nantir*, ainsi que leurs dérivés.

... ANT, ... ANCE, par A.

227. Les *substantifs* et les *adjectifs* terminés par *ant* ou par *ance*, avec *a*, sont ceux qu'on peut convertir en verbes, par le changement de *ant* ou *ance* en *ons*.

On écrira donc avec *a* :

*abond*ANT, *abond*ANCE, parce qu'on peut en former n° *abond*ONS.
*confi*ANT, *confi*ANCE, — — n° *confi*ONS.
*croy*ANT, *croy*ANCE, — — n° *croy*ONS.
*ignor*ANT, *ignor*ANCE, — — n° *ignor*ONS.

On écrira de même :

assurance,	espérance,	méfiance,	remontrance,
concordance,	médisant,	obéissant,	suffisance,
contenance,	médisance,	obéissance,	tolérance,
délivrance,	méfiant,	persévérance,	vengeance,

et beaucoup d'autres (1).

EXCEPTÉ :

Affluent, *ce*, adhérent, *ce*, *conférence*, coïncident, *ce*, *connivence*, confluent, convergent, *ce*, *déférence*, *différence*, divergence, EXIGENCE, EXISTENCE, expédient, *excellent*, *ce*, équivalent, *ce*, *influent*, *ce*, *négligent*, *ce*, président, *ce*, précédent, *préférence*, résident, *ce*, révérence, semence, sentence, violence (25 mots) (2).

---

(1) Ajoutez les exceptions du n° 228.
(2) Nous avons distingué les mots sur lesquels on faute le plus souvent.

... ENT,... ENCE, par E.

228. Les *substantifs* et les *adjectifs* terminés par *ent* ou par *ence* avec *e*, sont ceux qu'on ne peut convertir en verbes, par le changement de *ent* ou *ence* en *ons*.

On écrira donc avec *e* :

*clém*ENT,	*clém*ENCE, parce qu'il n'y pas le verbe	nᵉ *clém*ONS.
*indulg*ENT,	*indulg*ENCE,	—	nᵉ *indulg*EONS.
*intellig*ENT,	*intellig*ENCE,	—	nᵉ *intellig*EONS.
*abs*ENT,	*abs*ENCE,	—	nᵉ *abs*ONS.

On écrira de même :

abstinence,	compétent,	éloquent,	opulent,
agence,	compétence,	éloquence,	opulence,
audience,	diligent,	impatient,	providence,
cadence,	diligence,	impatience,	urgence,

et beaucoup d'autres (1).

EXCEPTÉ :

Aisance, ambulant, ce, adjudant, amant, balance, diamant, danse (danser), finance, garance, galant, infamant, lance, lieutenant, ce, nuance, nonchalant, ce, panse (une plaie, ventre), vigilant, ce, puissant, ce, et plusieurs autres moins usités (2).

NOTA. Cette règle et celle qui précède ont une telle importance que nous ne saurions trop engager à les étudier sérieusement. On fera bien de copier souvent les exceptions, afin de se les graver dans la mémoire.

... ENT, par E.

229. Les *substantifs* et les *adverbes* terminés par le son *ment* prennent généralement *ent*.

---

(1) Ajoutez les exceptions du n° 227.

(2) Les voici : anse, ascendant, ce; transcendant, ce; belligérant, Coutances, concomitance, contondant, culminant, discordant, dirimant, engeance, exorbitant, exubérance, expectant, garant, jactance, manant, nécromant, odoriférant, outrecuidant, ce; ordinant, pétulant, ce; pédant, pitance, passavant, pimpant, rance, adj. réfrigérant, redondant.

Exemples :

abrutissement	bannissement,	affirmativement,	inopinément,
accablement,	bégayement,	annuellement,	licitement,
accaparement	bonnement	aveuglément,	mentalement,
acquiescement,	dévoiement,	cavalièrement	ostensiblement,
amendement,	escarpement,	correctement,	ultérieurement,

et plus de deux mille autres.

EXCEPTÉ :

1° *Roman, musulman,* — *Flamand, gourmand,* et autres où la dérivation amène une *n* ou un *d;*

2° *Aimant, calmant, amant,* — *maman, talisman, Soliman,* et quelques noms propres peu usités.

NOTA. Revoyez les 1re, 2e, 3e, 4e, 5e et 8e leçons en général, et les nos 1, 2, 3, 4, 24, 31, 105, 106 et 117 en particulier.

XXXIVe LEÇON.

IN (1).

IM..., IN..., sans A.

230. Le son *in* initial ne prend un *a* que dans les deux mots *ainsi* et *Ain* (rivière et département).

Exemples :

imbécile,	imbiber,	indicible,	infirme,
imberbe,	incapable,	indigent,	intolérable,

et tous les autres.

... EIN, par E.

231. Le son *in* prend un *e* dans les verbes en *eindre* et dans leurs dérivés (2).

---

(1) Voyez le n° 219.
(2) Voyez les nos 66 et 90.

Exemples :

astreindre,	enceindre,	peintre,	teinturerie,
ceindre,	enceinte, *subs.*	peinture,	teinturier, ère.
ceinture,	enceinte, *adj.*	teindre,	atteindre,
ceinturon,	peindre,	teinture,	éteindre (1),

et plusieurs autres.

EXCEPTÉ :

Craindre, contraindre, plaindre et leurs dérivés.

... AIN, par A.

232. Le son *in* prend un *a* quand la dérivation amène un *a* sonore ou un mot en *aine*.

On écrira donc avec *a* :

gain, à cause du dérivé		gagner.
étain,	—	étamer.
lointain,	—	lointaine.
mondain,	—	mondaine.
soudain,	—	soudaine.

... IN , par EN.

233. Après *é* (accent aigu) *i* ou *y*, le son *in* s'écrit *en* (*e, n*).

Exemples :

Européen,	Adrien,	Égyptien,	opticien,
Galiléen,	Algérien,	gardien,	physicien,
Iduméen,	Arlésien,	Julien,	biscaïen,
Vendéen,	capétien,	luthérien,	citoyen,

et plus de cent cinquante autres.

Il faut y ajouter BENJamin, MENTor, un PENSum, etc.

NOTA. Revoyez les 1re, 2e, 3e, 4e, 5e et 8e leçons en général, et les nos 1, 2, 3, 104 et 105 en particulier.

---

(1) *Extinction, inextinguible,* dérivés d'*éteindre,* ne prennent pas d'*e*.

XXXVe LEÇON.

ON (1).

234. Revoyez les 1re, 2e, 3e, 4e 5e et 8e leçons en général, et les n°s 1, 21, 68 et 70 en particulier.

XXXVIe LEÇON.

EU.

235. Revoyez les 1re, 2e, 3e, 4e, 5e et 8e leçons en général, et les n°s 1, 27, 28, 35, 60, 61, 103 et 154 en particulier.

XXXVIIe LEÇON.

OU.

236. Revoyez les 1re, 2e, 3e, 4e 5e et 8e leçons en général, et les n°s 1, 9, 24, 28, 31, 37, 110, 111, 115 et 154 en particulier.

XXXVIIIe LEÇON.

OI.

237. Revoyez les 1re, 2e, 3e, 4e, 5e et 8e leçons en général, et les n°s 1, 8, 24, 28 et 31 en particulier.

(1) Voyez le n° 219.

Ajoutez :

Le son *oi* s'écrit *oa* dans *joaillier*.

Il s'écrit *oe* dans *moellon* (pierre), *moelle* et ses dérivés *moelleux, se, moelleusement*.

Il s'écrit *oë* dans *poële* (drap mortuaire, etc.), *poéle* (appareil de chauffage ou ustensile de cuisine), *poëlier, poëlon*.

Partout ailleurs le son *oi* est régulier, c'est-à-dire qu'il s'écrit *oi*.

XXXIXe LEÇON.

UN (1).

238. Revoyez les 1re, 2^d, 3e, 4e et 5e leçons en général.

On écrit *à jeun*, avec un *e*, à cause de *jeûner*, et *parfum* avec une *m*, à cause de *parfumer*.

XLe LEÇON.

LISTE DE MOTS OFFRANT QUELQUE DIFFICULTÉ POUR L'ORTHOGRAPHE, AVEC INDICATION, *en italique*, DE LA LETTRE OU DU SON QUI EMBARRASSE (1).

A.	a*gg*raver,	*ai*guille,	*a*percevoir,
	a*ll*onger,	*ai*guillettes,	*a*pitoyer,
aba*t*age, aba*t*is,	a*l*ourdir,	*ai*gu,	aplanir,
acacia,	*am*bassadeur,	annu*l*er,	aplatir,
a*gg*lomérer,	*am*bigu,	annu*l*e (j'),	arènes,
a*gg*lutiner,	*am*bition,	apaiser,	arête (une),

(1) Voyez le n° 219.

(1) Nous avons recueilli ces mots en corrigeant les dictées de nos élèves.

arome,
aride,
artichaut,
assidûment,
attraper.

B.

bagarre,
balai balayer),
banal,
banderole,
barége (étoffe),
Baréges (village),
basane,
bière,
bifteck,
biscaïen,
bizarre,
blockaus,
boulevard,
bourrasque,
bracelet,
brick.
bulletin,
butte (la ou être en)

C.

cachette (il),
caleçon,
carrosse,
caractère,
carotte,
certes,
cicatriser,
cigare,
cintre (un),
chariot,
chefs-d'œuvre (des),
colback,
concerner,
conclurai (je),
contumax accusé)
coutumace (Jugépar)
concurrence,
cymbale.

D.

demander,
dessécher,
détonation,
de toutes parts,

différend (un).
différent (adj.),
dissension,
dommage.

E.

échalas (un),
échalote,
élancer,
embarras,
embarrasser,
embellir,
endommager,
ensemble (sans s)
envi (à l') (sans e)
entonner,
épars,
équarrir,
essor (l'),
étiquète (il),
étrier.
éventail,
examen,
excès,
excellent,
exciter,
exclus (perclus),
exigeant,
exigence,
exorbitant,
exquis,
existence.

F.

faîte (le),
fragment,
familier,
falloir, valoir,
ficelle,
frêne,
fontenier.

G.

gabare (navire),
gaiement,
gaieté,
ganse,
gargotte,
genêt,
gibelotte,
gréement,

grelotter,
grève,
grotte.

H.

hasard,
harasser,
hémorragie,
hémorroïdes,
héraut (d'armes)
hiéroglyphe,
Hippolyte,
horizon,
hypocrite,
hypothèque.

I.

imbécile,
imbécillité,
immense,
inouï,
intérêt,
intéresser,
intonation,
intrigant (subs.)
intriguant (part.)
isocèle.

J.

Japonais,
Jérôme,
jet (d'eau),
jetterai (je),
joaillier,
jockey,
jury,
jusque-là.

K.

kiosque,
kirsch-wasser,
kyste.

L.

lacer,
larynx,
lazaret,
lentille,
levrette,

lévrier.
linceul,
linotte,
lis (fleur de),
liseré,
longtemps,
Lyonnais.

M.

main-forte,
mainlevée,
malentendu,
malintentionné,
malsain,
maraîcher,
mare (une),
marraine,
maréchal des logis
marguillier,
marotte,
menotte,
méphitique,
millionième,
misanthrope,
mollesse,
monotone.

N.

nef.
nettoyer,
nain,
naguère (sans s),
nautique (adj.).

O.

ô mon Dieu!
oh! quel malheur
ôter.

P.

panais (un),
palefrenier,
parafe,
paraître,
parmi (sans s),
parricide,
patronage,
patronne,
payement,
pilier,

piqûre,
poéle, poélier,
poëme, poésie,
pontonage,
pontonnier,
portefaix,
potiron,
pourrir,
poulain,
prévôt.
plupart (la).

Q.

quarante.

R.

rafale,
racoler,
raconter,

rafraîchir,
ralentir,
rallonger,
récif,
refrain, .
règne,
réflexion,
rhum,
rosbif.

S.

sablonneux.
sang-froid.
saucisse,
somnambule,
souvent,
splendeur,
stérile,
sur (âcre),
sûr; sûre (certain)
symptômes,

syphilis,
système.

T.

taffetas,
taudis,
timonier,
trappe,
trente et un,
tribu (une),
trombone.

U.

uhlan,
ukase,
urétre.

V.

vanter (vanité),

vallée,
vallon,
valoir, falloir,
vieux (un),
voirie,
vol (le ou un),
volontiers.

W.

wagon,
whist.

Y.

yacht,
yatagan,
yole.

Z.

zigzag.

APPLICATION.

Pour tirer de cette liste le meilleur parti possible, voici les procédés que nous employons :

1º Nous faisons donner par écrit, en se servant du dictionnaire, la signification de chaque mot.

2º Nous faisons donner, également par écrit, les dérivés et les composés de ceux de ces mots qui en ont.

3º Enfin, nous faisons construire de petites phrases dans lesquelles entrent un ou plusieurs des mots de la liste.

Nota. Pour les deux premiers procédés, l'élève écrit les mots de la liste en marge de son cahier, et donne les détails à la suite de chacun d'eux.

CONCLUSION.

Ne perdons pas de vue que, sans la pratique, les règles sont une lettre morte, et que, pour apprendre promptement l'orthographe, celle d'usage surtout, il faut, à l'appui des règles, des exercices *réitérés*, *réguliers* et *méthodiques*.

Nous recommandons la plus grande sobriété dans l'emploi des listes de mots qu'on fait copier et recopier ; c'est une route aride et fastidieuse, dans laquelle on fait peu de progrès. Il faut, pour attirer l'attention, que les mots aient une *place*, qu'ils jouent un *rôle*, qu'ils forment une *chaîne*, un *ensemble*;

Il faut des phrases et des morceaux choisis qui intéressent et qui instruisent. *L'histoire, la géographie, les divers règlements, les ouvrages qui traitent des connaissances utiles, des découvertes*, etc., etc. : télles sont les sources où il faut aller puiser les dictées et les exercices.

Les professeurs doivent avoir « pour l'application de chaque leçon » une bonne provision de sujets, afin de ne pas ennuyer les élèves par des redites continuelles.

APPLICATION DE LA DEUXIÈME PARTIE.

L'application de nos règles n'exige aucun procédé particulier. Voici celui que nous conseillons :

Après avoir DICTÉ *ou fait* COPIER *un morceau qui renfermera le* PLUS POSSIBLE *de mots faisant l'objet de la leçon, on fera placer sous chacun d'eux le* NUMÉRO *de la règle qui le concerne.*

EXERCICE SUR LA VINGT-SEPTIÈME LEÇON.

Si nous apprenions à apaiser les désirs déréglés de notre
186   186
cœur, en leur opposant une résistance opiniâtre, nous nous
188   188
apercevrions bientôt qu'il n'est pas si difficile qu'on le croit
186

de pratiquer la vertu et d'être heureux. Appliquons-nous donc
à commander à nos passions, ne soyons point apathiques,
et accoutumons-nous à aplanir tout ce qui peut faire obstacle
à l'accomplissement de nos devoirs.

NOTA. Cet exercice peut embrasser plusieurs leçons à la fois, et même s'appliquer à l'ensemble de l'ouvrage. C'est un des meilleurs stimulants que nous connaissions pour habituer les élèves à trouver instantanément la solution de la difficulté qui les embarrasse.

PROCÉDÉ POUR LA DICTÉE.

1° Nous expliquons succinctement les règles dont on va faire l'application.

2° Nous lisons le morceau que nous allons dicter, afin d'en bien faire comprendre le sens.

3° Nous dictons le morceau selon les règles de la bonne prononciation (1).

Un élève est chargé de répéter à mesure qu'il a écrit.

4° La dictée faite, nous la relisons nous-même (2).

5° Nous donnons quelques minutes aux élèves pour se relire et corriger les fautes qu'ils reconnaîtraient. Nous leur permettons, pour se tirer d'embarras, de recourir aux ouvrages qu'ils ont entre les mains (3).

6° Enfin, nous leur retirons cette dictée et nous leur remettons la dictée précédente qui a été corrigée (en dehors du cours) *à l'encre rouge* (4).

Chaque élève a donc deux cahiers de dictées.

Ce procédé, auquel ils accordent la préférence, nous donne les meilleurs résultats.

---

(1) Il ne faut jamais chercher à tromper les élèves par une prononciation vicieuse.

(2) Nous avons reconnu l'inconvénient de faire relire par les élèves, qui, pour la plupart, prononcent mal.

(3) C'est le meilleur moyen que nous ayons trouvé pour engager les élèves à chercher avec goût dans leurs livres.

(4) Il faut avoir soin de laisser la trace des fautes bien *apparente;* ainsi une lettre en trop dans un mot, doit être biffée par un trait oblique; une lettre, un son ou un mot fautifs doivent être biffés de même, et la correction placée au-dessus. Il ne faut pas surcharger. On souligne chaque mot mal écrit, et on porte en marge de chaque ligne le nombre des fautes, que l'on totalise au bas de la dictée.

CONSEILS AUX MONITEURS

POUR LA DICTÉE.

1° Lorsque vous rencontrez un mot peu usité, et que vous jugez qu'il sera mal écrit par la plupart des élèves, épelez-le, ou mieux, écrivez le sur le tableau, si vous en avez un : en agissant ainsi, vos élèves ne perdent pas le fil de la dictée, ce qui arrive infailliblement quand ils sont préoccupés d'un mot qu'ils n'ont pas su écrire.

2° Attachez-vous à dicter lentement, appuyez bien sur toutes les syllabes et prononcez-les de même : cela évite les répétitions multipliées qui embrouillent toujours les élèves. Une ou deux répétitions doivent suffire.

3° Évitez de parler des exceptions comme si elles devaient être l'objet d'une constante préoccupation de la part des élèves ; au contraire, amoindrissez-en l'importance. n'en parlez que le moins possible : ce sont des épouvantails qu'il faut dissimuler le plus qu'on peut, et qui finissent par tomber l'un après l'autre sans qu'on s'en doute, sans qu'on s'en soit occupé.

4° Engagez fortement vos élèves à enregistrer, sur un petit cahier, les mots sur lesquels ils se trompent le plus souvent.

5° Enfin. ne perdez pas de vue que la plupart des élèves ne possèdent bien une règle, qu'après s'être laissés tomber dans maintes et maintes fautes contre cette même règle ; et qu'il est indispensable, si vous voulez obtenir des résultats, que vous fassiez passer plusieurs fois, dans des dictées successives et différentes, les mêmes difficultés sous les yeux de vos élèves.

FIN.

www.ingramcontent.com/pod-product-compliance
Ingram Content Group UK Ltd.
Pitfield, Milton Keynes, MK11 3LW, UK
UKHW020848120726
13693UKWH00002B/885